· 全民微阅读系列 ·

享受阳光

徐水法 著

江西高校出版社

图书在版编目（CIP）数据

享受阳光 / 徐水法著 . — 南昌：江西高校出版社，
2017.1 （2021.1重印）
（全民微阅读系列）
ISBN 978-7-5493-5055-1

Ⅰ. ①享⋯ Ⅱ. ①徐⋯ Ⅲ. ①小小说—小说集—中国
—当代 Ⅳ. ① I247.82

中国版本图书馆 CIP 数据核字（2017）第 017544 号

出 版 发 行	江西高校出版社
社 址	江西省南昌市洪都北大道 96 号
总编室电话	（0791）88504319
销 售 电 话	（0791）88592590
网 址	www.juacp.com
印 刷	永清县晔盛亚胶印有限公司
经 销	全国新华书店
开 本	700mm×1000mm 1/16
印 张	14
字 数	160 千字
版 次	2017 年 1 月第 1 版 2021 年 1 月第 2 次印刷
书 号	ISBN 978-7-5493-5055-1
定 价	45.00 元

赣版权登字 -07-2017-65

目录

第三辑　情感 / 123

第一辑　传奇

　　一段尘封的往事，一个神奇的传说，一处陌生的民俗，几位或单纯或复杂或善美或丑恶的人物，在悠长的历史河流中，以曲折动人的故事为舟船，摆渡了大千世界、社会万象，演绎了悲欢离合的人生，展示了喜怒哀乐的生活，描摹了七彩斑斓的社会。

鱼化龙

　　看似两家木器店的商业竞争，其实跌宕起伏的故事情节后另有深意。竞争带来出路，竞争促进发展。老故事，新寓意。

　　古城龙游的龙渊老街，百店云集，万货铺陈。

　　街上有两家木器店，鲁记和周记。鲁记是外来的，自称艺承祖师爷鲁班，家传手艺，世代相传，尤以雕刻为最。开张数年，生意一年比一年好，大有凌驾沿街数十家木器行之上的势头。龙游城里乡下，一般建筑高档宅院，亭台楼榭，鲁记渐渐成为首选。

周记是世居，祖祖辈辈是龙游人，手艺精湛，老少无欺，同行里外口碑极佳，一向是龙游木器行的龙头。周记看上去店面气派壮观，其实生意已经逊于鲁记。外来的鲁记以其徽派建筑的精雕细琢，分去很多生意。周记当家的心里极力想扭转这个局面，可以说时时砺兵秣马，想一举夺回龙头老大的位置。

城西横山后徐的一对徐姓兄弟双双考中贡士，兄弟俩决定共同出资建造厅屋。消息传出，各路木器店老板纷纷上门揽活，最后剩下鲁记、周记两家角逐。徐氏也一下子难以取舍，兄弟俩一商量，万事总有个开头，这次我们创个新例，给两家木器行各一根上好的合抱楮木，不是说雕梁画栋吗？请两家各派行里高手，先把这巨木雕成栋梁再说，胜者任徐宅的木工活。

约定的时间到了，双方各抬出雕刻精美的栋梁。鲁记的是方梁，梁上刻满唐人诗意图，格调高雅，刻法细腻，画上人物花鸟栩栩如生，见者无不赞好！周记的是圆梁，梁上祥云翻滚，神龙腾跃，白玉微瑕的是仅有龙身龙尾没有龙首。刀法粗犷大气，俨然王者风范，气势逼人，令人肃然起敬。徐家长者问周老板，为何不见龙首？周老板答：此为潜龙勿兴，龙首一出就是飞龙在天，恐被人诟病。东家放心，到上梁之日，我一定让头首露出，给一个满意的答复。

鲁、周两家手艺可以说是各有千秋，不分上下。徐家就折了中，主厅给周记，鲁记前厅、辅房。这也不是什么偏心，王者气派这样一个吉兆，没有谁不喜欢的。

　　吉日一到，周记工匠刚把包了红绸的主梁升空搁在栋柱之上，就等吉时一到，掀开红绸，敲牢榫头，就算大功告成。突然，一队官兵冲进工场，把徐家团团围住，说有人举报徐家大厅梁柱雕刻飞龙在天，有谋反之意，特来查证。徐家人顿时傻了！

　　周记老板倒是不慌不忙，对官兵长揖在地：梁上雕刻和东家无关！造房是百年大计，请长官稍等片刻，吉时一到，自见分晓。

　　说完，周老板把木工斧往后腰一插，"锃、锃"几下，爬上栋柱，站住身抬起头，用左手挡住阳光，目测一下时辰，对面的另一个工匠也在柱旁候立。少顷，周老板高喊一声："吉时到，上梁！"，随即和对面工匠一起，同时用斧背用力高敲梁的榫头，把他敲进榫眼里，然后两人一齐用力扯开梁上缚住红绸的活结，"唰"的一声，红绸凌空飘下。"哗"的一声，一大团木屑刨花随着红绸一起飘落地面，顿时架好的横梁以其绝世艳容惊呆了在场的所有人。整个画面是一条条鲤鱼在戏水，每个鱼头都翘首向天，鱼尾就是此前大家看到过的龙尾。"鱼化龙"，人群中有人禁不住叫出声来。对啊！徐家兄弟俩同时考上贡士不正是鲤鱼跳龙门吗？

　　更奇特的是这些鱼化龙，波浪、鱼身都是镂空雕，里边还有一组组的浮雕缀满鱼身腾跃的空间，如书画斗方一样。"仙鹤衔灵芝"、"灵鹿叼如意"等，显然，这才是周记的真才实学，不要说观看的人群，就连鲁记老板、工匠，看了都自愧不如。粗雕、细雕、圆雕、浮雕、镂空雕，各种手法集大成于一梁，这才是雕刻的极致！鲤鱼跳龙门，官兵也没话可说，只好骂骂咧咧撤兵

享受阳光

了！……可惜精美绝伦的徐家大厅后来在大火中毁圮，只剩下大门前鱼化龙影壁，这自然是后话。

技不如人，鲁记决定遣散工匠，收拾返乡。周记老板敲门而入，鲁老板迎上前去。"我知道周老板会来，不过你不用上门来赶，技不如人，我走得心甘情愿。只是有一事信不信由你，官府举报真不是我干的。"

周老板上前，"鲁兄错了。我是来挽留你，我只是希望你别走，一定要在龙游留下来。"见鲁老板疑惑不信，周记老板接着说："当初你没来时，我自忖在龙游稳坐第一，不思进取。你来了后，抢了我许多生意，我才醒悟，这才暗地里让儿子们出门求艺，刻苦学技术，这才有了这次超过你的机会。看来，没有竞争就没有进步。所以我真心希望鲁兄留下来，做个朋友也做个对手，我们在技艺上一直斗下去，不知鲁兄愿意不？"

鲁老板感动得大步上前，两双生满老茧的手紧紧地握在了一起！

茶庄歼敌

老酒装新瓶。把一个平常的抗战故事放在传统民俗之中，耳目一新，别有情趣。

金萧支队这次下了决心，一定要端掉天元镇上的日寇据点。通过鬼子每日买菜的数量和其他途径，前后花了一周左右时间进行调查和侦察，总算摸清了敌人的情况，原先一个小队的鬼子已经剩下一个班，剩下的都是伪军。

地下交通员送来情报，明天晚上，鬼子在茗泰茶庄有个活动。

原来，小队长龟田太郎是个中国通，对中国的茶叶特别感兴趣，喜茶喝茶，还喜欢制茶。他听说天元镇附近的山里制红茶工艺很特别，一定要茶庄老板现场制作，不然，就杀了老板烧了整个茶庄。

浙中山里和浙江大多数地方一样，绿茶居多，制作红茶的不多。

在鬼子的淫威面前，茶庄老板将计就计，按照鬼子的要求，公开招募年轻力壮的小伙子参加制茶。当然招募来的人都必须有所在村子村长、保长的联保，确保身份，以防有金萧支队的人混进来。

制茶如期进行，位于镇西北角的茗泰茶庄灯火通明，宽畅的院子里，一长溜摆了五六只浙中乡间杀猪磨豆腐的大木桶，一边还用木头、毛竹搭起了类似现在双杠一样的架子，院子环四周摆满了椅子长凳。茶庄老板指挥着他的帮手正在里外忙碌着，五六个年轻后生在一边洗脚，长凳上坐满了鬼子和镇里有头有脸的人物。

在龟田的示意下，茶庄老板一声吆喝，"踩茶"！随即看到洗完脚的几个青壮后生，双手端着一筐箩青翠的茶叶，各自来到一只大木桶跟前，把筐箩里的茶青叶均匀撒在木桶里，然后甩掉脚上的毛竹拖屐，双手扶着桶沿，爬进木桶，开始按着一定节奏踩起茶来。一边踩，一边还哼起不知什么词的小调，偶尔还看见放开双手，在空中左右上下摆动，看上去根本不像是在干活，倒像是在一种仪式下舞蹈。

晒茶必须把踩好的茶叶装进特制的茶袋里晾晒，让茶叶经历发酵的过程。翻译解释后，龟田太郎允许茶庄老板可以直接滚茶。茶庄老板一声"滚茶"，几个早已洗好脚等候在旁的年轻人把几袋晒好的茶叶分别放在"双杠"下。然后，用双手抓紧竹竿，整个身子则完全靠双手支撑，双脚则像走路一样，交叉着把脚下的茶袋踢着让它一点点翻身，这样一直用一定的力度不停踢着，让茶袋不停地打着滚。这就是滚茶，这是为了让发酵过的茶叶条束更紧凑更成形，这也是制作红茶的一道关键环节。

鬼子看着踩茶、滚茶的年轻人，像是在跳一种舞蹈，心里痒痒的，恨不得揪下他们，换作自己上去。龟田太郎则陷入了沉思，他想起了远在日本老家的老父母，他家也有一大片茶园，每年春天采茶时节，他的父母在制茶时，也总是又说又笑、又唱又跳的，那是劳动的歌声，是丰收的笑声。龟田太郎看着眼前的一切，忍不住合着制茶后生的曲调节奏，跟着哼起来，双手也不由自主地摆动起来。

看着越来越陶醉其中的鬼子，一旁的翻译忍不住低声对龟田说，"队长，让太君们一起乐和乐和吧！我让人把皇协军调来保护大家。"龟田太郎看着平时把弦绷得紧紧的手下，难得有这样放松的机会，就点头，"吆西吆西。"

混在踩茶、滚茶后生中的金萧支队队员，一看鬼子放下枪来凑热闹，彼此使了个眼色，悄然抽出装作固定滚茶架子的木棍，随着一声口哨声的响起，大家就对着鬼子劈头盖脸狠命地往死里打。边上看热闹的人群里有人高喊："金萧支队来了！缴枪不杀。"随之门外扑进全副武装的金萧支队队员，高喊着冲向鬼子和伪军。

现场一片混乱，枪声、喊声交织一起，撕破了天元镇的宁静。防守据点的伪军，听到茶庄方向的枪声，立马组队想去增援，刚到大门口，就被一阵密集的子弹压了回去，黑暗里还传来喊话，"中国人不打中国人！别做鬼子走狗了！缴枪不杀，抗拒必死。"眼看茶庄方向的枪声很快变得稀稀落落，伪军们感觉鬼子肯定打死了，还不如投降留条命，干脆集体投降了。

战斗很快就结束了。离县城只有几十公里路，担心被县城的鬼子援兵围剿，金萧支队杀完镇上的鬼子和负隅抵抗的伪军后，带着缴获来的枪支弹药粮食等，连夜撤回山区根据地。

次日，金萧支队召开庆功大会，准备表彰茶庄歼敌的有功人员。不料哨兵带了几个山民押着龟田太郎来到了会场。原来狡猾的龟田太郎把灯打灭后，躲进了茶桶里。趁大伙儿冲出门外去杀敌，他翻墙跑出了茶庄，不料天黑路不熟，居然跑进了山区。

天蒙蒙亮，他一看眼前的地方是荒郊野外，就近躲进了路旁茶山供采茶人歇息和堆放农具的茶棚里。一夜折腾，龟田太郎真是又饿又累，一头坐下居然睡了过去。这几天正是采茶时节，每天上山采茶的人很多，茶棚里的龟田太郎，在睡梦中糊里糊涂地做了俘虏。

康家酒传奇

第一，人无信不立。第二，"遇事让人一步，自然有周转余地"的家风家训，成为康家发家致富的金科玉律。

巩县康家酿酒有些年头了。

康家酒很少流出庄外，这里有个秘密，康家酒的秘方来自洛阳福王，明末清初"康朱联姻"时朱家败落，这个王家酒方也来到了康家，外人一般不知。

为了保证酿酒秘方不外露，康家一代只有一人掌握整套酿酒技术，康豫就是这一代康家酒的传承人。

康豫酿出来的酒，只要喝过的人，没有一个不说好的。康豫不会喝酒，这是康家上下都知道的秘密，酿酒的不喝酒，小一辈人不信，问他本人自然不会有结果，问老一辈人，得到的都是肯定的答案。

康豫的儿子长大了，和邻村一家有些官家背景的乡绅结亲。按乡俗女方应允婚事之前，男女双方主要长辈要聚在一起喝顿结亲酒。康家有家酿的酒，自然酒宴上喝康家酒。康家酒的特点是绵甜醇香、回味悠长，入喉爽口甘甜，后劲很大。康家几位长辈在酒过数巡后，纷纷表示不胜酒力。女方几位也担心入口甜醇的酒有后劲，渐渐地都只是在礼节上举举杯了。独有女方一位族叔自恃酒量超人，在酒席上向康家人挑战。嘴里还不干不净数落康家酒没劲，入口没一点呛劲，不如烧刀子过瘾。

康豫一直没有作声，毕竟自己是主人，再说酒桌上的酒话也当不得真，随这位族叔涨红着脸在信口开河。

眼看自家的陪客都喝得差不多了，再也没人去应和客人的挑战。康豫就开口婉言劝说客人，暗示康家酒后劲较大，一会酒劲上来要撑不住的。谁知不说还好，一说反倒惹火了客人，说除非答应和他斗酒，不然这门婚事他第一个不答应，要不承认自己是个怂人也行，这酒免了。也许是酒劲开始上来，女方客人中有几位居然也附和起这位族叔的话，一定要康豫答应斗酒，不然就不必谈亲事了。

这下真把康豫逼到了墙角，再也没有退路了。康豫站起身，说一句"我答应"，转身叫人拿来一摞大碗，先在自家面前一字排开放好，整整九只碗。又从桌旁捧起一坛没有开封的康家酒，拍掉泥封，在面前的碗里"汩汩"倒满。

一连串的动作吓得在座的康家人目瞪口呆，有几位忍不住喊出来，"康豫是滴酒不沾的啊！"康豫报以一笑，"今天这阵仗我是不趟不行啊！只是有一点拜托，待会我喝赢了，不要和我说话，扶住我回去就是。"

康豫对女方客人说，"这几十年我没有喝过一口酒，康家上下是妇孺皆知。今天既然答应斗酒，我先喝三碗，算我弥补前面的。"说完，一口气喝完面前的三大碗。

随后对挑战的那位说，"接下去我俩一对一吧！第一轮我先喝，第二轮你先喝，同意的话我们就这样喝下去，谁喝不了就认输。"女方的族叔已经被康豫的三大碗震慑了，连连点头同意康豫的话。

第一轮两人都一仰脖子"咕咚咕咚"下去了。第二碗女方族叔先喝，他中间停顿两次才喝完，康豫依然一仰脖子喝下去。第三轮开始，康豫双手捧碗，似笑非笑地扫视了全场，双手捧碗举过头，仍然一口气喝完。女方族叔喝第二碗时已经慢了半拍，面对第三碗酒，有些犹豫。在场的双方客人都起哄要他快点，他扶住桌子好半天才抖抖索索站起身来。他伸出双手也想着像康豫一样双手捧住酒碗，结果双手颤抖不停，酒液在晃动不已的碗四周荡出，还没举到嘴边，手一松，酒碗"哐当"一声掉落在地，紧跟着人也软泥一样瘫了下去。

康豫说一声"承让"，慢慢走回了家，然后躺在床上，睡了一天一夜才醒来。

女方那位族叔被人抬回家，躺了三天三夜才醒过来，在床上打了一个长长的酒嗝，叫一声"好酒！好酒量！"，又翻身睡了过去。再次醒来，带了礼品来专程到康家找康豫，为自己酒席上说的不当之言当面赔礼道歉。

至此康家人才知道，康豫年轻时其实是会喝酒的，刚执掌酿酒时，酒醉误了事，因此向家族主事的保证过酿酒就戒酒。康豫酒醒后第一件事就是向家族主事的提出辞去酿酒职位，主事的征求家族长辈意见，大家纷纷表示这次情况特殊，可以原谅。康豫认为自己没有遵循"遇事让人一步，自然有周转余地"的祖训，致使客人酒醉倒地。再说没有规矩不成方圆，不能因为自己的行为影响家族的声誉，玷污康家诚实、守信的家风家训，坚辞不就。

若干年后，继续保持北方风味，具有绵甜清香、纯洁透亮、回味悠长特点的康家酒接待了老佛爷，被老佛爷赐名"康百万酒"，已是后话。

梅花锁的传说

有时候传奇和史实总是有一定距离，然而道义永远会占上风。江南郑家就是因为坚守道义，终于免却了一场灭门之灾。

人间四月芳菲天，江南的浙中浦江，到处一片生机勃勃、万物葳蕤的绿春景象。距离县城十几里路的郑宅，自南宋郑绮公临终歃血立誓之"子孙有不孝悌，不同釜炊者，天实临殛之"后，合食同炊，其乐融融，到明朝已经同居九世，堪称天下第一家，也因此受到朱元璋、朱允炆两代皇帝的敕封和嘉奖并御笔题赠。江山尚且改朝换代，为什么郑家能够久盛不衰呢！

距离郑家宗祠不远的地方，有一处常人不能涉足的特殊建筑，叫天将台。从门楼进入后，中间一大殿供着天帝，四周拱卫四座小殿，分别祀风云雷电各神灵，四殿和门楼以及一些厢房连成五环，就像梅花五个花瓣。郑家自古相传这里住着的是对郑家有恩的义士，

享受阳光

这些义士和他们的头领曾被郑家族人舍命相救，从此竟不愿离去，愿意留下来誓死相报。

这天，劳作一天的郑家家长太公正欲休息，突然受天将台主人相邀，连忙点起灯笼赶往天将台。其实天将台里的五个花瓣是五行阵法，白天允许人自由进出，一到晚上，阵法启动，一般人根本走不进去。中间大殿是天将台主人发号施令的所在，风云雷电是各自分管职责四个团队的代称，譬如云部就负责在京城收集朝廷动态，风部负责传递消息。不管是朝廷还是江湖上有什么风吹草动，郑家因为有天将台这批义士的暗中辅佐，大多能够做到未雨绸缪，防患于未然。浦江郑氏历宋元明三朝数百年同食共炊，威名显赫，孝义闻天下，天将台功不可灭。今晚正是接到风部从京城传来有关决定义门郑家生死存亡的信物，所以连夜邀郑家家长来商量对策。

天将台主人拿出一朵金黄色的"梅花"，家长太公心里一凛。这是郑家和天将台双方约好的，一旦涉及郑家合族生死存亡之际，京城那边会送来一朵特制的"梅花"，这朵梅花其实既是一个做工精致的小匣，又是一把合着金木水火土五行相生相克的锁。当着家长的面，天将台主人先按照五行相生原理找好入口，再由家长太公用随身携带的钥匙打开机关。里面一张近乎透明的薄绢，绢上写满密密麻麻的小楷，就着烛光，两人凑上头细看。

原来永乐帝朱棣打着"清君侧"的旗号从侄儿建文帝手中夺取皇位后，心里始终对大火中失踪的建文帝放心不下，听闻郑家帮助建文帝逃匿的消息后，勃然大怒，立马想派兵对浦江郑义门满门抄斩。他的谋士姚广孝阻止了他，说"江南第一家"是太祖皇帝敕封的，是天下百姓学习孝义的榜样，现在甫一登位就大开杀戒，这将对本来就怀念建文朝的旧臣和天下百姓制造借口。余怒未消的朱棣不肯罢休，说宁可杀一儆百，也一定要平下心头这口气，姚广孝就替朱棣出了个收拾郑家的主意。

几天后，朝廷派来的钦差大人随着大军来到郑宅，说是新皇登基，普天同庆，义门郑氏是受洪武爷敕封的"江南第一家"，素以忠孝节义闻名天下。特赐御酒一瓶，要求所有郑氏族人都要喝到御酒，以示皇恩浩荡。

幸亏郑家族人预先知道消息，马上通知所有族人到宗祠前集中，按男女长幼有序排好队。家长太公带领钦差来到同居始祖郑绮公孝心感动上天而平地涌泉的孝感泉边，当着钦差之面，把御酒倒入泉中，再安排专人舀泉水分给所有郑氏族人。钦差无话可说，只好回去向永乐帝交差，这才算彻底解了皇帝发难的危机。

20世纪90年代初，郑氏后裔筹办制锁厂，正在以什么品牌闻世界决定不下之际，郑氏长者给创业者讲述了这个几百年前的故事。

梅花香自苦寒来，不经受傲雪斗霜一番历练，哪有梅香扑鼻受人爱戴崇敬。还有几百年前那朵特制梅花的神奇，想到这朵神奇的梅花曾经为郑氏家族立下的天大功劳，今天让它以另一种样式复活创新，具有非常深远的纪念意义。这一切，深深触动了创业者的灵感，于是"梅花"一名应运而生，历经几十年市场检阅和开疆拓土，终成大器，跃升为中国十大锁王行列。

秋 菊

狗通人性，生活中这样的例子确实很多。"秋菊"不仅仅只是为了铺陈这种狗通人性。诗意在诗外，看你怎么揣摩了。

秋菊是只狗，是老王头相依为伴的狗。

那个秋阳如火的傍晚，老王头从菜场回家，这只小狗紧紧跟随着他，怎么驱赶都不走，老王头只好带回家。养了几天，也没人来找，本来孤单的一个人，有了这只狗后，老王头感觉家里有了生气，就舍不得再赶走了。秋天来的，加上去世多年的老婆名字里有个菊字，就给狗取个名字叫秋菊。

还别说，自打秋菊来后，老王头的生活不一样了，他走到哪，秋菊跟到哪，屋里室外，脚前身后，始终绕着秋菊的身影，在他面前不停地撒着欢。更让老王头高兴的是，秋菊不挑食，自己吃什么它也吃什么，晚上安排了狗窝也不去睡，老王头一躺下，秋菊就在他的床前蜷缩成一团跟着睡下。

邻居告诉老王头，城里不能随便养狗，老王头带着秋菊去街道办拍照办证，给秋菊打防疫针，他打算把秋菊一直养下去。

除了烧饭时多烧一点，老王头收养秋菊几个月了，他是一点负担也没增加。反过来倒是秋菊，给老王头多年来的孤寂生活，增添了许多亮色。偶尔出去没带秋菊一起去，老王头一回家，这秋菊亲热得不行，整个身子都扑到老王头身上，两只前肢紧紧抱着老王头的双腿不放，非得要老王头弯下腰抱起它安抚一会，才会松开让老王头去做自己的事。有时候跟着老王头出去买菜什么的，秋菊就在他的身前身后，蹦跳着撒着欢，如果跑到老王头前面了，它还会停下脚步等老王头。有次小偷趁老王头不备，偷偷下手，从后面掏出了老王头的钱包，正暗自窃喜，不料一阵剧痛从手里传来，不知何时，秋菊已经从边上闯出，一口咬在小偷的手腕上。老王头听到小偷的尖叫声，才发现钱包在小偷手中。乐得老王头那天特意买了半斤连自己平时都舍不得买的子排，回家犒赏秋菊。

自此后，老王头更加疼爱秋菊了，走到哪里都带上它，老伙伴遇上了，老王头总不忘讲述一番秋菊英勇抓小偷的光荣事迹。不长时间，小区里的居民都知道老王头养了一只会抓贼的狗，路上碰到老王头和秋菊，也总会站下来夸秋菊两句。

因为秋菊，老王头发现自己走在小区里，人缘都好起来了，这使得他每天晚饭后的散步时间，变得更加有滋有味。老王头打心底感激起秋菊，有时在家看着膝前趴着的秋菊，甚至有些恍惚，莫非这是去世多年的老婆，知道他在阳间孤单，特意派秋菊来给他做伴的。

这天，老王头和往常一样，带着秋菊在小区里散步，心情好，老王头多走了一会，返回时天已经黑下来了。走到自家楼下，迎面来了三个年轻人，前面一个走到老王头面前，掏出一个小本子模样，在老王头面前一晃，说是卫生防疫站的，特意来查验一下养狗户有没有办证。老王头连连说有的，只是在家里，那人说一起去家里看看证，办了就没事，拿不出证只好把狗带走。只有平时温驯的秋菊，大约以为自己真要被带走了，竟然对着三人吠叫起来。

老王头怎么舍得让人带走秋菊，忙不迭地说，好的好的，一起去我家里看证，一边叫唤秋菊不要叫，一边带着三人往家里走。一进家门，三人反扣了门，掏出了藏着的刀，顿时变了模样，凶狠地对老王头说，已经候了好几天了，知道老头你是一个人住，一定积蓄了不少钱，让老王头不要作无谓的抵抗，乖乖交出钱来，不然先拿狗开刀。如果老王头依然不开窍，说不准连命也要。

看着从见面起就一直吠叫不停的秋菊，老王头心里真是懊悔万分，看来自己连秋菊都不如。显然，秋菊早已看出这三人来意不善，所以叫个不停，自己居然一无所防，看来真是老了。想到秋菊要被伤害，老王头心里更是万分舍不得，现下的秋菊，在老王头心里早已不是一只狗，就像自己的家里人一样，或者说就像自己最贴心的儿女一样。老王头抖抖索索地抱住秋菊，恳求他们放过秋菊，自己身体不好，那点退休工资，没剩下多少钱，家里有什么值钱的，让他们自己拿，只要不再伤害自己和秋菊。

那三人不相信，用刀直指秋菊，威吓老王头不要敬酒不吃吃罚酒，不料秋菊突然从老王头的怀里挣脱，箭一样扑向那个拿刀的歹徒，一口咬在拿刀歹徒的手上。三个歹徒马上反应过来，慌忙来抓秋菊。

聪明的秋菊在屋里的家具中间钻来钻去，一会工夫把三个歹徒累得气喘吁吁，还是带头的反应快，喝住另外两人，架住老王头，要他带着去内室取钱，有多少拿多少，不要弄得四邻知道，弄不好钱没拿到，自己仁反被抓了。

没办法，老王头只好把家里这个月的生活费都拿给他们，临走，他们怕老王头报警，把老王头的手机和看着值点钱的东西每人挑一样夺门而去。屋里只剩下老王头瘫坐在椅子上，一直吠叫不停的秋菊，依然追着三个歹徒叫着，如果不是老王头抱着，说不定还会追上去。

三个歹徒刚出老王头家门，被早已埋伏的警察在楼梯上逮了个正着。

原来邻居听到秋菊吠叫不停，觉得奇怪，这可是从来没有过的事，以为老王头发生了什么意外。正想敲门，就听到了歹徒在恐吓老王头的声音，悄悄报了警。如果不是怕歹徒伤到老王头，警察早已破门而入了。

擦　嘴

传统不一定全是糟粕，关键看你怎么去对待。看似"擦嘴"这一民俗，可以折射出平民百姓的朴素愿望。

年夜饭一吃完，郑执看到大嫂偷偷拿出显然是早已准备好的餐巾纸，飞快地给身边几个孙辈擦嘴时，他总算明白大哥力邀他回老家过年的意思了。

其实，嫂子这个动作郑执是最熟悉不过了，几十年过去了，地点和时间都没有变，只是擦的人和被擦的人在发生变化。当年还是和大哥、二哥那几个孙辈的年龄，郑执和大哥、二哥每年吃完除夕年夜饭后，就总被奶奶擦嘴。记得第一次被奶奶偷偷擦嘴是用崭新的坑边纸擦的，那时候的纸张很粗糙，被奶奶擦完嘴后，有点火辣辣地痛，忍不住怪起奶奶来，不料奶奶一点也不生气，反而笑呵呵地说："百无禁忌，百无禁忌"。我们兄弟几个当时就愣了，这不是奶奶平日里火爆性格啊！

事后才知道，原来老家有个乡俗，大年三十年夜饭后，怕小孩子去村里串门说话不知轻重胡乱说话，就在他们出门前用坑边纸象征性地擦一下嘴，表示这一夜小孩子的嘴说话和放屁一样，说什么都是屁话一样不能当真。真如果遇上小孩子乱说话，大人也就不能生小孩子的气。后来这个习俗也许觉得太低俗吧，慢慢地淡出了人们的视野，不过，偶尔也还能听到老家村里还有人家保持着这个习俗，只是，擦嘴的纸是早已改变了，一般用餐巾纸代替。

郑执大学毕业后一直在外地工作，一年里回家的次数不多，一般都是趁假期去看望父母的。只是有一点这些年是郑执一直坚持的，每年春节都是携家带口回老家过年的。可以这么说，郑执从老家村里出去二三十年了，在村里口碑很好，是公认的孝子。

郑执家的擦嘴习俗早在郑执考出大学后，已经被母亲废止了。

那时刚好奶奶驾鹤西去了，母亲就做主不再给郑执兄弟几个擦嘴，不过，每年年夜饭后，母亲还是一再叮嘱出去玩耍的郑执兄弟不要在别人家里乱说话，免得遭人厌烦。

郑执在单位里和在父母面前一样，认真做事，谨慎处世，领导同事之间都对他很有好感，这也使得他一步步脚踏实地走上了领导岗位。

和往年一样，郑执在正式成为一市之长的那个春节回家过年，那年父亲已经仙逝，年迈的母亲居然破天荒地要郑执吃年夜饭时坐在她的身旁。母亲在吃饭时第一次详细地询问了郑执的工作情况和职务，郑执虽然奇怪，还是尽可能向母亲一一说明。吃完饭，不料母亲一手按住郑执，一手有些颤巍巍地拿起桌上的餐巾纸，给郑执认认真地擦了一次嘴。看到郑执的诧异，母亲一改以往慈祥的神态，带点严肃地说，我今天给你擦嘴是想要告诉你，你如今当官了，一是不要随便去吃不能吃的东西，二是不要随便胡乱说话。母亲还说，自己年纪大了，不可能跟在儿子身后一辈子，希望郑执记住这次擦嘴，认认真真做事，清清白白当官，不要做玷污家门的事。郑执想不到一向淳朴的母亲会说出这样的话，心里十分感动，连连向母亲保证记住了她说的每一句话。

今年夏天，母亲一病不起了，临走前，嘴里念叨的还是那句话，"从此后我不能再给你擦嘴了，你一定要记住我说的话啊！"为了让母亲走得安心，郑执在老母临咽气前，双手捧住老母枯瘦的手，让母亲捏着一张餐巾纸，在自己的嘴边使劲擦了擦，并对母亲说，他一定会记住母亲最后这次擦嘴的，他也一定会做个好官……

　　母亲走了仅仅半年时间，回到家里一定到处是母亲留下的痕迹，甚至母亲残存的气息，怕触物伤情，勾起对母亲的种种记忆，因此这个春节郑执是不打算回老家过年的。谁知元旦一过，大哥大嫂就隔三不隔五地打来电话，力邀郑执回到老家过年，开始郑执找出理由来推辞。哪怕大哥说你就不怕村里人说我们兄弟之间不团结啊！母亲一走，就不回来过年了，郑执也想出理由来婉辞。后来大嫂说还有母亲留下的东西，非得郑执亲自来不可。

　　看完大嫂熟稔地给孙辈们擦完嘴，郑执终于明白大嫂说的母亲留下的东西了。他坐在一旁，心里暗暗地对九泉之下的母亲发誓："儿子知道父母的心事了，绝对不会让双亲大人在九泉之下不瞑目的。"

房子真的倒了

　　房子倒不倒其实不重要，如果你看出现代人每个人心底的道德良心之屋不能倒，你就看透作者写作此文的初衷了。

　　人说运气来了门板都挡不住，我说这不是和洪水一样吗？前些日子，黄店村的黄土柏就遇到了洪水一样挡不住的好运气。

　　瘦骨伶仃的黄土柏和他丰乳肥臀的老婆进城，在等候公交车的漫长时间里，无聊地在路边的彩票投注点买了平生第一次的一张2元彩票。结果让黄土柏当时瘫倒，老婆以为他中暑了，谁知是中奖了！500万元的特等奖，乐得健硕的老婆把黄土柏抱起差点往空中扔。

中奖后的日子成为夫妻俩心惊肉跳的日子，上门借钱的人就像牛身后的牛虻一样，赶都赶不光。人说听人劝吃饱饭，夫妻心一横，在县城买了两间临街的房子。一楼租给人家开店，楼上一家人住。

搬进城里的新家，全家上下整天乐呵呵的。只有黄土柏一个人在屋里兜一圈后，忧心忡忡地眉毛打结跑到了楼下，一屁股坐在门口大理石地上。

老婆晃动全身乱颤的巨大肉身跟下来，问怎么回事？土柏说：这房子住不得人，迟早要倒。刚住进就说丧气话，"啪"，老婆抡圆了手在黄土柏后脑勺用力一掼。这也是中奖后老婆第一次打黄土柏，女人觉得自己的手有些发麻，明白自己一段时间不练有点生疏了。"打你这乌鸦嘴。"大屁股一扭，顾自上楼去了，扔下黄土柏一人继续坐在地上。

黄土柏心事重重地继续呆坐着，心里怎么也平静不下来。看上去这房子白晃晃亮堂堂，说什么钢筋水泥框架结构百年不倒！狗屁，想自己虽长年在山里黄店，电视新闻每天都看，"楼倒倒"，"楼坚强"，"楼歪歪"等等，别说百年，有的十年都不到，怎么都倒塌了呢！倒是自己村里那些不知住了多少代人的老房子，看上去七歪八斜，几十年过去了，照样屹立不倒，住着全家人笑呵呵呢！

房子肯定是老祖宗传下来的好，一根根山上最好的木头，打眼

享受阳光

上椽，串桷连栋，就是墙坍塌了，屋瓦掉光了，屋架在风雨太阳晒烤之下，照样可以好多年屹立不倒。黄土柏越想越觉得还是老家木头结构房子好，几千年了，祖祖辈辈传承下来的房子样式、结构，不好的话能传承下来吗？自从用钢筋水泥造房子后，哪年不听到几起屋塌人亡的事。黄店村就有，十几年前，新房架水泥预制板时，中间拦腰断裂，上面的泥水匠摔个半身不遂，现在还在床上躺着呢！

黄土柏越想越怕，这房子是肯定要倒的，只不过是时间问题，现在自己是一家之主，这个重大责任只有自己来承担。黄土柏决定坐在门前的大理石地面上守着屋子，一有风吹草动，叫一声家里人逃出危房，应该是没问题的。

城里的地面就是干净，这大理石地面亮堂得能照出人的影子，比老家黄店全村人最珍惜的祠堂地面还要干净。黄土柏上楼拿了几张报纸，端了一杯茶，就坐在门前地面上了。老婆和家人劝说无效，气得老婆骂他一声"有病"，就再也懒得管他了。

黄土柏的行为很快吸引了过往路人的眼球，有几人好奇地问他为什么坐在地上，黄土柏就耐心地解说，结果，每个人都说他有病，只有一位戴眼镜的男人说一句黄土柏听不大懂的话："杞人忧天，莫名其妙……"黄土柏找不到理解他的人，干脆双眼一闭，盘腿坐下，不管不顾了。

"这个农民工怎么坐在这里？眼睛好像也看不见啊！真可怜！"耳朵里传进这么一句话，随之，"啪嗒"一声，响在面前。听脚步声远去了，黄土柏稍微张了张眼，面前多了一个壹元的硬币。原来人家把他当要饭的了，他犹豫捡还是不捡，脚步声响起，又有人在他面前丢了钱。这下黄土柏真犯难了，事情怎么会变成这样？

　　下午刚坐下不久，只见一大群人朝他奔来，有人肩上还扛个摄像机，有人还抬着一大包东西。原来是电视台来人了。有人上前对黄土柏说，我就是上午问你晚上是不是坐在这里过夜的人，这不，中午我在节目里一说，有人给你捐献帐篷和被褥来了。我们电视台想把这个感人的镜头拍下来，好让更多的好心人善良人加入到济贫扶困的队伍中来。请问你有什么感受吗？

　　黄土柏这下头大了，原来把自己当盲流、无家可归者对待了。这电视真拍出来，还不被人笑掉大牙。我黄土柏现在好歹也是拥有几百万财产的人，黄店村几百个人中全家搬进城里我还是第一家呢！他按捺不住心里的恼火，说你们把我当什么了，我有家，这就是我的家，这栋房子就是我的家产！

　　电视台的工作人员傻住了！不过转而更高兴了，这里边肯定有文章，说不定能挖个独家新闻出来。细问黄土柏坐在这里的原因，黄土柏觉得对电视台说清楚更好，就把自己坐在地上的原因说了。刚说完，大伙儿全乐了，全城的人不都这样住着吗？都像黄土柏这样想，大家住旷野露天宿山洞，还不回到原始社会了。

　　大伙儿听完黄土柏的担心，包括刚刚围上前的过路人，顿时笑得前仰后翻。摄像师笑得把摄像机从肩上拿下搁在一边，直揉肚子。突然迸发的震天笑声，惊动了正在屋檐上溜达的一只猫，它一抖擞，脚下一用力，把屋檐口的瓦砾踩落一大片。"噼里啪啦"一阵响。

享受阳光

黄土柏一看，头顶黑乎乎的掉落一堆瓦片沙砾来。

天啊！这不是屋子要倒的预兆吗？他大喊起来："房子真要倒了！快逃命啊！"嘴里喊着，脚下却忘记躲开头上掉下来的瓦片。

楼上黄土柏的老婆听见楼下喧哗声，抖颤着一身膘和家人跑下楼来，赫然看见，黄土柏满头满脸是血，躺在门口地上，边上围满了人。

惊　魂

看似聊斋故事，其实只是借题发挥。每一个在外奔波的人，别忘记你的白发父母在倚门相望。

城市化的扩张就是一张硕大无比的巨嘴，对一个个村落所向披靡的挖掘机、铲车，就是那一个个锋利坚硬的牙齿，所到之处，一片废墟，不论千年百年，村落的历史、人文霎时石化为记忆。

这是一个距离城市有些路程且已被拆毁的村落，和许多村落一样，满目狼藉之下，只有高高低低的几堵断墙在风中诉说，正如几个无牙的老人在瘪着嘴哆嗦和唠叨。废墟上只有拾荒者和捡漏的，仿佛一群苍蝇闻到血腥味，从四面八方向着这个村落废墟集聚。侯飞就是众多捡漏者中的一员，他们和拾荒者截然不同，前者只要能换钱的都要，捡漏者大多是抱着碰运气的心态，看看有没有主人因为不懂价值而废弃的旧货老物。一旦运气好了，说不定一下子"暴发"了。

　　侯飞从事这行已经有些年头，用他自己的话说，运气不好，也就一直没有捡到真正的"漏"，自然发达不了。早些年，侯飞满世界跑，哪里有大范围拆建就奔向哪里。这些年每个城市都和建筑工地一样，侯飞就守在这个东西南北处处有拆建的城市不走了，从"行商"变成了"坐商"。按理，肯定是城市周边的老东西多一些，这个离城较远的村子，侯飞没有兴趣。侯飞是冲着一个人去的，这个人就是宋代大书法家、文学家黄庭坚。据说这个村是黄的祖籍地，还有同行在这里收到过黄用过的砚台，侯飞决定来这里碰碰运气。

　　夜幕渐降，墨色愈浓，到处断墙残垣的村落废墟，猫头鹰长一声短一声的凄惨叫声，更是平添几分诡异和凄凉，让侯飞脚下走得十分小心，心里真是担心会不会从某处黑暗地方闯出一个鬼魂。侯飞同时也有几分窃喜，大概因为离城远了，同行倒是没有碰上，这对自己很有利。

　　真是怕什么来什么，侯飞的耳朵里还真的听到了一缕尖细而凄厉的声音，难道还有……？不管怎样，总得面对的，谁也逃不掉，侯飞决定迎上前去看个究竟，到底是什么东西发出的声音。侯飞闻声找到一处兀立的半堵墙边，确定声音是从墙角一处裂缝里传出来。声音比原来听到的更加尖厉也更加凄惨，明明是在脚下，却分明好像是从远处传来的。

　　捡漏的人都随身带点袖珍型的榔头、铁锹之类，只是为了平时发现一些怀疑的东西，可以敲打、挖掘一下。但对一些范围大或难度大的，这些工具有些难度。"莫非有人被关在地下？"事到如今，侯飞决定探个究竟，他掏出工具，开始敲打墙角那个裂缝。侯飞敲打了一会，意外发现，敲松表层后，下面居然是一个圆圆的盖子形状的东西，居然还有把手。侯飞一阵心喜，就放好工具，双手抓住把手，用力一提，不料很轻松地掀起了盖子，原来是一块木板，用力过猛的侯飞，顿时一屁股坐到地上。眼前赫然是一只坛子的上半截，奇怪的是，盖子上有许多小孔，更让人害怕的是，那尖厉之声正是从坛子里发出来的。

侯飞心里是惊恐万分，可事到如今已经没有后路可退，他一手捏亮手电筒，一手轻轻敲掉盖子，坛口灯影下居然露出一张苍白得没有一点血色的脸，严格地说，是一张人脸的浓缩版，"天啊！"吓得坐在地上的侯飞双脚蹬地，拼命向后退缩。怎么可能有这么小的脸啊！再说这么小的坛子里，怎么可能钻得进一个人呢？莫非这就是传说中的妖孽鬼魅？侯飞不敢往下想了，现在他恨不得立马生出双翅，飞离这个恐怖的地方。

"你别害怕，我不是害你的。"倒是那张小人脸说话了，"我自己作孽遭到报应了，不会再害人了。"

"你是谁？"侯飞壮着胆子轻轻问道。

"我是谁不重要。我原本有一个好家庭，家资颇丰，可我对父母一直不孝，舍不得给他们一粒米，最终活活饿死了两老。有天我走在路上，晴天一个霹雳，我居然变成现在这个样子，唯一的不同是我的身下是白米。空中有个声音对我说，你父母生前你舍不得给一粒米，现在你就住在米瓮里赎罪吧！每天只能吃一粒米，把身下的米吃完了就可以重生了。"

"那你今天怎么说话了？"侯飞心里仍是不解这个坛中人脸的出现。

"以前上面密封的，前几天突然出现一条裂缝，雨水全灌到坛子里了，所以我只好大声求救，刚好遇上你，请你行行好，帮我重新封住吧！"那人脸一副乞求的神态。

侯飞不知如何是好，是告诉他这里马上要开发建设了，还是不管他以后的结果，先把他重新埋到土下面。看了一会，侯飞忽然想到，自己已经有好几年没有回家看望年迈的父母亲了，自己会不会有报应啊！

他下意识地一激冷，还好，自己好好地躺在床上呢！原来刚才做了一个噩梦。透过窗外映射进来的微弱灯光，侯飞看到床对面墙角那个白天从废村捡来的坛子，正泛着幽幽的光泽，心里一阵不安，他决定明天一定要回家去一趟。

乡　俗

这是一个旧时农村乡绅维持乡村秩序的故事。很多事情有必须遵守的游戏规则，这其实也是做人必须遵守的底线。

这是一百年前的故事了。

27

享受阳光

　　徐里村的家长太公有个习惯，在大年初一的早上，穿村过户在村里走个遍，目的是看看每家每户门上贴的新春联。徐里徐姓不是书香门第，至多算是耕读传家吧！代代相传，每家门前过年的对联要自家子女写。这家长太公年初一的走巡，也算是考较一下各家子侄一年来的书法功课吧！

　　黄柏民是徐里唯一的外姓，严格地说，黄柏民应该是徐柏民，他是从黄店入赘徐里做上门女婿的，按乡俗得改姓。黄柏民在徐里几十年了，三年前岳父母先后逝去，他按惯例在门楣上白、绿、黄贴了三年守孝思亲的对联。今年孝期已满，黄柏民把家人召集一起，告诉家人过完年全家恢复黄姓，妻子虽说不同意，一家之主说了绝话她也没办法。

　　这家长太公走过黄柏民的门前，一看，心里一沉。不对啊！对联里的词句"江夏黄童""山谷文章"说的是黄姓江夏始祖黄香和黄姓名人黄庭坚的典故啊！莫非这徐柏民又改回原来的姓了？刚好柏民一个八九岁的孙子走出门来，就问道："爷爷问你，你家姓什么啊？"小孩子就告诉他，"我家爷爷说了，今年起我家改姓黄。"

　　家长太公转身就回家，吩咐儿子去叫家族里几个管事的来。入赘是大事，双方立了文书契约的，这姓氏怎能够改来改去的。几个人商量后就分头行事了。

　　徐里乡俗正月初一是不串门也不出门拜年的，初二才出门给长辈拜年。黄柏民初二打算回黄店给自己的父母拜年，早上打开门就傻了。原来从自家屋檐滴水处之外，被人用竹篱笆围住了，中间还竖立几块镌有"徐界"的石碑，自家被村人封门了。黄柏民从留着一人宽的缝隙里想出去，有人搭话了，"外面是徐姓地界，外姓人无权进入。"篱笆外站满了人，柏民还想探头出去，两根木棍交叉封住了出口。

"叫你老婆出来说话。"一个威严的声音响起在黄柏民的耳里，他知道自己这事闹大了。随意改姓换名，是任何一个家族里不能容忍的事，事至如此，已经骑虎难下了。柏民只好回屋让老婆出来。

俗话说，好事不出门，奇事无腿走千里。相隔几里的黄店村里柏民的兄弟们听说柏民被徐里人封门了，也不管过年过节正月初二是个什么日子，叫齐家人操起家伙就要冲向徐里救人，黄店村一些不明事情缘由的年轻人，也操起家伙跟着想去徐里救黄柏民。眼看两个村子几百人要打群架，那可是血流山河的事啊！

千钧一发之际，村里主事的喝住了黄柏民的兄弟家人。当村里人告诉了村里的主事，说大年初二黄柏民被徐里人封了门，主事也感到很奇怪，两个村里向来平安无事，两村光是姻亲来往的就有十几家啊！一定事有蹊跷，就打算派个人去徐里了解情况。

黄店这边的人刚要出门，那边徐里黄柏民的老婆带着一个徐姓人来到了黄店村主事的家里，把情况一说，并转告徐里家长太公的话，让黄店村主事的带上黄柏民的兄长一起去徐里解决事端。

后来据说黄店村主事的和黄柏民的大哥来到徐里，把黄柏民狠狠教训了一顿，柏民连连认错，保证从此不再另生事端，并摆酒谢罪。徐家太公也是个宽厚之人，对着黄店村主事和黄家大兄当场表态，此事既往不咎，考虑到黄柏民的感受，同意柏民几个儿子中可以选一人姓黄，延续柏民一脉。

自此，一百多户清一色姓徐的徐里村有了一户姓黄的客姓。

桃岭传奇

凄美的故事，不过也演绎了好人会有好报的传统审美结局。老故事也适合现代人去思考。

早先，从浙中浦江县城去西乡廿四都石宅只有翻越桃岭一条路。这条位于县城西去十几里路的陡峭山岭，是条千年古道，山高林密，植被丰富，飞禽走兽，时有出没，经常云雾缭绕，据说山顶时有桃花仙出现，保护过往山民和来往客商，遇到那些不法之徒和出来伤人的猛兽恶禽，桃花仙就会毫不客气地给予惩治。因此千百年来，上下桃花岭，是非常安全的。

据说这桃花仙是西乡陶坞的一位村姑，从小长得非常漂亮，聪明伶俐，特别讨人喜欢。至于她后来成为过往桃岭善良百姓的保护神，给我们后来人留下了一个凄惨叹惋的故事。

那时候桃岭还不叫桃岭，从岭的东边上岭，一色的青石板路，路面整洁，两旁的树木高低错落有致，爬到云雾飘荡的岭顶，可以看到一处小小的平地，早先这里是几丘水田，田边还有几间简陋的土坯屋，屋里屋外挂着一些山货，晒着一些打着补丁的破旧衣服。

不错，这里住着一个人。

岭的西边有个村子叫钟村，钟村有个苦命的孩子叫钟实，从小失去母亲，到十几岁时，父亲也因贫病交加离开了人世。从小就寡言少语的钟实，自从父亲离开他后，就更沉默了。村里人看他老实，一天到晚难得说一句话，不知谁起头，叫他"石头"了。时间久了，连周围村落的人都知道他叫"石头"，真名钟实反倒没有几人知道了。

他家的田就在岭顶，很小钟实就跟着父亲上山下田，种田糊口，打柴换钱。自从父亲走后，石头干脆在岭顶搭了个简易房子，除了种田打柴，空闲时就把岭山岭下修得平平整整，几年下来，山前山后都知道了住在山顶修桥补路的石头。过往的客商和出山的乡民看到石头生活的清苦，就在上下岭时，这个留下一点钱，那个分出一点粮，石头是百般推辞，可惜谁也不听他的，放下就走。于是，石头就用大家帮衬的钱粮修了两间土坯房，一间自己住下，另一间备了床铺被褥，供错过宿头的过往路人过夜。

石头的命运在一次救人后发生了变化，有个雨天他救了一位在上岭时摔倒扭伤了脚的乡民，留他住宿，聊天中得知这位大叔住在岭西的陶坞村。其实像这样在岭上岭下救人的事，石头每年都有几次，那位大叔住了两晚也就离开了，石头也把此事丢开了。

不料几天后，这位大叔带了一个女孩再次上岭，说这个女孩就是自己女儿，觉得像石头这样好心的人不多了，要把女儿许给石头。这对石头来说，真是天上掉馅饼一样的好事啊！憨厚的石头笑得合不拢嘴，晚上睡梦中还笑出声来。

享受阳光

　　女孩是这位陶大叔唯一女儿，就是陶花。她从小失去母亲，和父亲相依为命，石头的大名也有所耳闻，见到眼前这位身子敦实面目清秀的年轻后生，嘴里说着"全由父亲做主"，心里早就答应了。

　　陶大叔和石头商量好了两人成亲的日子和相关事宜后，就带着女儿先回去了。石头更是高兴非凡，人逢喜事精神爽，石头干起活来干劲冲天，天天多砍一些柴火，一大早就挑到浦江县城去换钱，他想给陶花姑娘置一副好首饰，让她体体面面做自己的新嫁娘。

　　眼看好日子就要开始了，不料从岭西传来噩耗，陶花姑娘受不了豪强的欺凌，已经悬梁自尽了。原来陶坞的附近有个叫胡山头的大村，村里有个财主叫胡开洋，家有良田白亩，山林上千顷，生了一个儿子取名麒麟，指望他日后能够有所出息光宗耀祖。谁知从小溺爱的儿子，长大了欺男霸女，无恶不作，横行乡里。整天和几个家仆追鹰捉狗，周围几个村子隔三岔五被他们这伙人弄得鸡飞狗跳的。有人愤愤地说，还麒麟呢，我看整天不干正事，嘴皮子又耍得白鳖会游、虾公会跳，我看叫海狗少爷得了。

　　那一天也合当有事，陶花去村边池塘洗菜，不料被海狗少爷无意看到了。这海狗少爷一看美貌的陶花，顿时连眼睛都直了。这手下的恶仆一看主子的眼神，马上明白了。不由分说，七手八脚架起陶花就往胡山头狂奔而去，天空中只留下陶花一路撕打哭喊的悲惨声音。

　　等到陶大叔得讯赶到胡家，却被一顿乱棍打了出来，幸亏乡亲们帮忙抬回家里。石头赶到陶家，只看到床上遍体鳞伤的陶大叔。得知未婚妻陶花还在胡家，石头急忙赶回胡山头。谁知接到的却是陶花的尸体，原来不甘凌辱的陶花趁胡家女仆看守不严，悬梁自尽了。

气愤难平的石头只好背回陶花的尸体，然后赶到县里告状，谁知早被胡家用钱买通，连县官的面都没有见着，那些恶虎一样的衙役用棍把他叉到了县衙外面，还恐吓石头不准告状，如若不听，恐怕连命也要赔上。

万般无奈的石头只好把桃花葬在岭顶自己住的屋旁，又把陶大叔背回岭顶，让老人在自己的屋里养病养老。为了纪念陶花，石头还在自己的屋旁和田头地角，都栽上桃树，用来寄托对陶花的哀思。

再说，海狗少爷自从逼死陶花后，胡开洋也怕众怒难犯，就把他关在屋里，强迫他读书，非要他去婺州考个秀才。考秀才对海狗少爷来说，真是半点兴趣也没有，去婺州玩玩倒是合了他的心意。

眼看考期要近，胡开洋给海狗少爷雇了一顶轿子，让家仆抬着他去婺州考学。海狗少爷一听可以去婺州了，非常高兴，马上坐进轿子，光想着去婺州逍遥一番。

桃岭是去婺州的必经之路，岭陡路危，海狗少爷一点也不体恤轿夫，感觉坐在一颠一颠的轿里，别提多舒服了。上得半岭，已经看见岭顶石头的屋了，跟在轿后的家仆忍不住对海狗少爷说，前面已经是陶花的坟墓了，据说总是显灵。一听陶花，海狗少爷在轿内一个激冷，不由自主地站立起来。"砰"的一声，头猛地一下撞在轿顶上，人随之斜倒，这一来，轿子失去了重心，左右摇摆起来，轿夫们突然间也被摇晃的轿子带动，其中一个脚下踏空，连带把其他三人也跟着拉到了。这下不得了，整个轿子在山坡上翻滚下去了。

33

轿夫和家仆顾不得下岭难走，紧追着轿子奔下岭去。

轿子在几十米的山下摔了个粉碎，海狗少爷也从轿里摔了出来，谁知后脑刚好碰在一块石头上，顿时血流如注。待到家仆和轿夫赶到，海狗少爷是进的气不如出的气了，嘴里嘤嘤着，"陶花、陶花"，很快就断了气。

原以为让儿子考个功名回来光宗耀祖的胡开洋，坐等好消息的他，等来的居然是儿子横死的尸体，又听说儿子临死叫着"陶花"，心里动了歪心思。居然不管儿子横死，一状把石头、陶大叔告到了县里，说儿子是他们合伙害死的，要他们偿命。

幸好新任县官还算明白，说无凭无证状告他人，不判他诬告已经不错了。胡开洋只好灰溜溜回家，自行埋葬了儿子。

本来别人不知道前因后果，胡开洋这一告，反倒在县内外传开了。说海狗少爷害死陶花，屈死的陶花趁海狗少爷过岭时显灵报了大仇。后来七传八传，说过岭时只要折一枝陶花坟墓周围的桃花桃枝，任何邪恶东西都近不了身。天长日久，这条岭就改成了桃岭，上下岭的过往行人，为了尊重陶花，都会带一块石头，放在桃花的坟上，再折一枝桃花继续上路。后来，石头死了，也就埋在桃花的边上。有心人觉得石头住过的房子空着可惜，觉得陶花给大家带来了平安，就把那几间房子重新修缮了，按照民间传说中陶花姑娘的形象，塑了像，对外称是有求必应的桃花仙子，这就是桃岭顶桃仙庵的来历。

因为桃花桃枝有辟邪驱魔的神奇功能，很多人就干脆折一枝带到家里，挂在墙上。后来不知那个聪明人，觉得墙上挂一根光秃秃的桃枝不太雅观，就干脆把桃枝削成宝剑的形状，很多人家里都有挂桃木剑辟邪的做法。

千百年来，民间一直有挂桃木剑可以辟邪驱魔的习俗，可是由于时间久远，慢慢地，就很少有人知道这个习俗是从浦江桃岭的桃仙庵桃花仙子的传说来的。

被迫改名

冲动是魔鬼，身边这样的故事每天都在发生。作者在本篇借用一个全新的视角切入，拟人化的抒写，别开生面。

我来自离开县城很偏僻的山村黄店，在黄店，家家户户有我的几个同门弟兄。每个人上山下地，腰上一定会别着一把柴刀，我的名字就是柴刀，因为弯头如钩，浙中黄店一带就叫钩刀。

我的主人黄八留原先就是黄店人，往上追溯十八代都是黄店人，我和我的祖宗及后代也世世代代是黄店的钩刀。

我曾经被主人称为恩人刀，原因是有次他上山碰到现下很少见却依旧很凶猛的狼，是我的锋利和快捷、凶狠，赶走了想把主人变成它一顿美味的狼。很长一段时间，主人逢人就说，没有我就没有他了。缘于此，主人后来进城定居就特意带上了我。开始，主人还用我劈点山里带来的木柴，后来烧煤气灶就干脆把我扔在屋角不管

享受阳光

不问了。时间一长，我那亮得连主人脸上长出的一颗小疣都一清二楚的刀刃，不仅蒙上尘埃，连锈迹也渐渐出来了。我知道主人是肯定用不着我了，只有整天躺在角落里靠回忆山里黄店那段活色生香的生活和那些同门弟兄打发时光。

寂寞的时光最是难挨，我每天都生活在似醒非醒的昏睡之中。终于盼到了主人再次想起我的一天。我听见主人在咬牙切齿骂着女主人，说是女主人让他戴了绿帽。我不知道绿帽有什么不好，平时看到红红绿绿感觉挺好看的，为什么主人会这么不高兴呢？主人一边骂着人，一边翻箱倒柜地找着什么。我总算听出来了，主人是在找我。我在心里大叫着，我的欣喜之情溢于言表。我自顾叫着"我在这里，我在这里"，却忘记主人是听不见也听不懂我的刀语的。

一道光线"唰"的一下，照到了我的身上，我顿时灿烂起来，我知道主人肯定会看到我了。果然，主人不顾我满身尘埃，双手紧紧握住了我，他还顺势在空中，用力挥舞几下。那气势，那声威，让我想起了当年主人勇敢挥舞着我劈退恶狼的英雄气概。

主人找了一块碎布，用力地擦着我的身子，我看到我的刀刃又有些地方闪出了银光，我也仿佛找回了当年的感觉。只是我听着主人的恶狠狠念叨，心里却是一阵阵的紧，原来主人是打算用我去杀女主人。这怎么行？我的印象中女主人一直是个非常勤劳善良的家庭妇女，以前在黄店也是，不是在家里家外忙碌，就在田头地角干活，左邻右舍没有一个不夸她好的。主人怎么就下得了这样的狠心呢？我反而被弄糊涂了。

　　主人不顾我的大声抗议、反对，我依然忘记他是没法听得见我的抗议的，提着擦得亮闪闪的我出了门。

　　主人一路问了几个人，都是打听女主人的去向，我也分明听到路人在好心劝主人，说主人肯定是听信别人的谗言了。也有的上前来拉着主人，让他回家，别没事找事，好好的一户人家，有事等老婆回家再好好沟通，这日子终归要过下去的。我最高兴的是有人上前来夺主人手中的刀——我。这正好趁我的心意，我就趁主人提着我左闪右拦不让人家抢着我时。我拼着全力，用力扭动了身子，果然，主人的手掌被我刳出了一道血口，我想这样主人肯定会回家包扎伤口，会扔掉我，也会忘记去找女主人这件事。

　　谁知主人见手上出了血，更加恼火了。他对手上流血不管不理，居然挥舞起手中我，呵斥起前来劝阻他的所有人，说谁上前就砍谁。主人面目狰狞，看上去一副凶神恶煞的样子，近前的人只好止步，生怕被他伤着。

　　正在僵持不下之时，有人把女主人找来了。女主人一看主人这副模样，心里真是火冒三丈，她走上前去，对着主人说："行！你要杀我可以，你让我先说几句话，让大家都来评评理。如果大家说我该杀，大家也不要劝阻，我站在这里绝对不动。如果大家说不该杀，你先回家去，我们有事说事，回家去说个清楚。"

　　不等主人说话，边上越聚越多围观的人都说好。女主人未及开口，眼泪倒先夺眶而出："说黄八留你就是个王八蛋！自从进城后，你没有正儿八经在一个单位做过半年活，高不成低不就，回家来就只会向我发脾气。后来就更加不像话了。兜里有点钱就去赌博，把家里的一点积蓄都掏空了。我只好出门找活做，你就没事找事了，说我出门去找男人了。你让大家评评，你还算是个男人吗？有真本事的男人会这样对待自己的老婆吗？你不就是想说，前几天有个男人送我回家吗？那天我在厂门口扭伤了脚，没法骑车，是一个同事用车送我回家的，我怎么解释你都不信……"

女主人还没说完，周围的人已经听不下去了。大家群情激奋，纷纷指责主人，有的甚至说，这样的男人一起生活是累赘，不如离婚，你一言我一语，现场顿时成了对主人的批判会。主人的脸一会青一会红，最后黑了。我一看不对劲，看来主人是恼羞成怒了，只好在心里祈祷：主人啊！你千万要忍住了，千万别做傻事啊！

"你个臭女人！你让我以后怎么做人。"我看见主人被窘得失去了理智，居然大骂一声，挥起手中的我，冲向女主人。此时此刻，我的心里真是急得不知如何是好，主人啊！你千万不能动真的，你只能是吓吓女主人。边上那么多人也想不到主人会像一只没有理智的野兽，真的会挥刀砍向自己的老婆，顿时都傻了，除了个别的只吐出一个惊叫"啊"外，更多的人惊呆于主人疯狂的举动，一动也不动。

电闪雷鸣的一刹那间，出现了谁也想不到的结果，女主人倒下在地，我绝望地在心里大喊一声，痛苦地闭上我的眼睛，我知道从此我就不再是来自黄店的钩刀，我已经被迫改了签名：杀人凶器。

烂鼻佬

好有好报，恶有恶报，乡村几千年来一直口口相传。烂鼻佬最终幡然觉醒，也算是符合人性向善的美好愿望。

在黄店，没有比烂鼻佬更讨人嫌了。

人说人未见声先闻，烂鼻佬是人不见臭仍在。有时候则是人还没见着，一股臭气早就传来，不用说，烂鼻佬就要登台亮相了。

黄店村的村前有一条绕村而过的黄沙溪，河床很开宽，水流不大，老辈人都说早先溪里可以撑船划竹排的。村边有座禹王庙，气势恢宏，雕梁画栋，几百年前的古物了，没人说得清究竟有多少年了。禹王是民间官方一致公认的治水英雄，水边立他的庙都是为了镇水抗洪的。这样看来，黄沙溪早先水很大不见得是空穴来风。

烂鼻佬年轻时也算是个出挑的好后生，要身段有身段，要品貌有品貌，现在的老辈人都记得。那年烂鼻佬为了表示自己很革命，不顾旁人劝阻，搬个梯子，拿个锤子凿子，一径来到村前的禹王庙前，爬到那积满灰尘的门前大石柱上的牛腿下，仰起头用凿子凿掉牛腿上雕刻精美的人物鼻子来。

闻讯儿子竟然敢去凿几百年前祖宗留下的古物，烂鼻佬的年迈老父急得火上房一样，天爷！这是要遭天谴的啊！随手抓过一根扁担，赶向禹王庙。老人远远看见依着大石柱蹲在梯子上，猴子一样的儿子，忍不住大骂一声，"畜生，看我不打断你的腿！"

梯子上的烂鼻佬在灰尘飞扬中使劲挥舞锤子猛凿，一不留神，一块木屑溅进了他仰着头的鼻子里，他只好分出一只手去取鼻子里的木屑。正在此时，耳边传来了父亲愤怒之极的咒骂，手一抖，鼻子里那块木屑反往里一挤，顿时鲜血直流。他知道老父的性格，火起来自己的双腿恐怕真的会被他用扁担敲断，顾不得鼻血直淌，"吱留"一下，滑下梯子就跑。

说来奇怪，自此以后，烂鼻佬的鼻子就怎么治也治不好，先是痛，后来干脆不痛不痒，一直溃烂，身边的人都感觉恶臭难闻。村里人都说得罪了禹王爷了，自作自受。人们远远看见他，都掩鼻而走，不愿和他走近。连他的老父临死前也指着他骂他是自作孽遭报应了。

最苦的是他家的小孩，从小也只好连带承受对父亲烂鼻佬的指责，很长一段时间，他们这一家在村里是孤立的，不管走到哪里，总免不了村人大人小孩在背后指点，"他父亲就是烂鼻佬。"无奈，几个儿女只好早早出门去打工谋生，事实上也不是家里生活过不下去，他们的先后出去，是为了逃离父亲烂鼻佬留给他们的生活阴影。

或许可以理解为祸福相依吧！烂鼻佬的几个孩子出去闯世界比村里任何人都先行一步，他们也成为村里最早富起来的几户人家。富起来的他们人在外地，心更是宁愿漂泊在外，也不愿回家来，生怕一回家还是当初那样被村里人嫌弃。

除了时不时汇点钱给父母，他们和黄店这个生养他们的家乡，很少有什么联系。事实上，他们这些年在外面也不太清楚老家的情况，上了年岁的烂鼻佬，已经一年比一年老了，已经不只百遍千遍反省过自己年轻时的荒唐行为了。他现在衣食无忧，一有空就扛把锄头，村前村后修桥补路，遇人就自嘲，"我这是替自己赎罪。"村里人慢慢开始原谅烂鼻佬了，毕竟那是个全民疯狂的年代，很多人都做了很多疯狂的事。

有一天，那些路上突然遇到烂鼻佬的人惊讶地发现，他的烂鼻子不是那么臭了，很快这成为村里一大新闻了。有老辈人说，烂鼻佬的寿元要不长了。果然，没多久，就传出了烂鼻佬病卧在床的消息。

得知父病沉重将不久于人世的讯息，几个子女从外边先后赶了回来。烂鼻佬见子女都来到了床前，让老伴搀着起床，一头跪倒在儿女们面前，说是临死前有一事求子女代为完成，不然死不瞑目。

烂鼻佬说这些年子女汇来的钱都存着一分没动，希望子女们用这个钱去寻买几只古牛腿，把禹王庙前自己凿掉脸面的破损牛腿换掉，替他赎完罪，他就可以干干净净去地下见死都不原谅的父母。

墓里传来说话声

浪子回头金不换，对于狗改不了吃屎的枉称人的败家子，最终的归宿自然是进牢。

　　黄店村传出惊魂消息，说刚落葬黄家老坟地不久的黄利荣坟墓里，居然有人说话。这不是闹鬼吗？说的人描摹的有鼻子有眼，说就是黄利荣骂儿子的声音，"你个畜生，你辱没了祖宗，你要下地狱的！"听的人几乎没有不相信的。

　　说起来黄利荣也是个苦命人，老婆早早死去，儿子打架伤人，由于怕派出所抓进去坐牢，一逃快二十年了，音讯全无。老来无靠，孤苦一人，幸亏村里都是黄姓人，再怎么说也是同一个开枝散叶开叶繁衍下来的。黄利荣有点头疼脑热，左邻右舍都是随叫随到，不怕麻烦的。

　　即便如此，黄利荣心里的苦楚还是只有他一个人知道，多年的思儿和怀妻，郁结在心，还没活到如今"人生七十不稀奇"的年龄，撒手西去和他的亡妻地下相会了。村里人在给他办理后事时，在县市报纸上登了个寻人启事，希望他那不知生死的逃亡儿子，能够来送他的老父最后一程。

　　落葬后不久，黄利荣的儿子竟然真的回来了。据他自己说，当时一直逃到南方，以后一直在那里打工创业。开始是不敢回来，后来又怕自己好不容易打拼下来的事业因为自己要坐牢前功尽弃。几经犹豫，想不到连老父的最后一面也见不着，真是后悔不已。这次还是从网络上看到村里人登的寻人启事，咨询了律师知道自己的事已经过了追诉时间，才敢回来的。

　　农村里人善良，听说了他这些年的艰辛创业，看到他托村里长辈主动到当年受害人家里谈赔偿一事，也就原谅他了。他还给村里这些年照顾老父生前生活的人家，专门买了礼品去当面致谢。

看着他回家来所做的一切，村里人彻底改变了对他的看法，觉得这小子出去这么多年没有白混，脱胎换骨，浪子回头金不换啊！

取得村里人谅解后，他修好了自家濒临倒塌的老房子，又开始重修他老父的坟墓。他用混凝土给坟头进行浇铸，又用条石在坟后砌了扶栏、坟前造了一个可以站立百十人的拜台。最后在坟旁搭了两间平房，说是父亲活着没有尽孝，如今回来了怎么也得给父亲守上一年半载的孝。平时，他就住在这两间平房里，一间做饭一间休息。

怪事偏偏就在他回来的几个月后发生了，有人晚上打猎经过了他父亲的坟地，居然听到有人说话的声音，敲敲门也没有人开门，吓得浑身毫毛直竖、毛骨悚然，一溜烟跑回家。几天后碰到他，他说那几天回南方处理自己的事去了，不可能有人的，肯定是听错了。

说的人信誓旦旦，肯定没有听错，传来传去，引来了当地派出所排查，结果没查不出什么，此事只好不了了之。可民间还是不相信，听到的人也不止一人，只是派出所的结论在，也没人多说什么。

一晃又过去几个月，黄店村人和往日一样，过着平静的生活，一个惊人消息打破了村子的宁静。公安局缉毒大队在黄利荣的坟地里围捕了一帮贩毒制毒团伙，坟地里两间平房下面就是一个制毒窝点。不用说，村里人眼中知错已改、在坟前尽孝的黄利荣儿子，就是制毒贩毒的主要骨干分子。

原来他这些年在南方就是一个贩毒团伙的马仔，近年来正想把贩毒渗透到江浙一带的团伙苦于缺少一条稳妥途径时，看到了村里人登的寻人启事，头领觉得机会来了。于是那小子回家赔偿、酬谢、守孝，都是为了掩盖他们的罪恶，取得村人信任后，就在坟地下开挖了地下室，让坟地成了制毒贩毒据点。

那次闹鬼事件的事实是，平时这帮贼人白天在地下室干活，晚上睡在黄利荣儿子的平房里的，有天做贼心虚，睡梦中说起了梦话，刚好被外边经过的人听到了。那次后，这伙贼人再也不敢睡在平房里了。派出所来排查闹鬼事件，结果自然什么也没查到。不过，黄利荣这个坟墓的豪华依然引起了他们的怀疑，就在暗地里继续访查，终于端掉了这个祸害人的据点，打了个漂亮的缉毒胜仗。

谁为锁疯

贪欲可以让人发疯。究竟谁为锁疯，不妨看完这个故事，再回头想答案吧!

这世道真疯了!

不是世道疯了，是这个世道的人疯了!

安城市宇宙锁厂在省城锁具博览会摆下擂台，说谁能够打开他们新产品——宇宙万固锁，现金奖励188万元。

一周的擂台时间已经过去大半，来自三山五岳的开锁高手一个个铩羽而归。开一把锁，白拿188万元，难道会是寻常的锁吗? 这样的好事，和花2元钱中500万大奖的概率差不多啊! 到后来，基本是看得人越来越多，真正上台开锁的稀稀拉拉。没有金刚钻，这瓷器活还真不太好揽。

有一个人天天来到擂台现场，站在远处看着台上，不声不响，看戏一样。他衣衫褴褛，头发更是几年没洗一样，结成硬块，一簇簇直立向上竖着，看不清面容，显然是一个无家可归的流浪汉。看到这个流浪汉，他周围的人纷纷闪开，有的干脆直言呵斥，让他走远点，更有调侃的，说连流浪汉也眼红 188 万元呢！台上的工作人员每天看着人来人往，越到后来越觉得有些无聊，这个特殊的人物倒让干坐着的他们多了些话资。

第七天，擂台最后一天的午后，阳光在这个秋后的下午，晒在身上还是有些灼人的。擂台的下午一直冷场，七天的好戏看不到理想的结果，连台下热闹的人群开始有些意兴阑珊。只有那个流浪汉仍倚在远处那棵树下，似睡非睡，看上去水波不兴，平静如佛。

台上的工作人员开始相互调侃，七天修行的时间再过两个钟头可以功德圆满了，遗憾的是，放在台中间的巨锁始终没人打开，巨锁后透明保险柜里是那张闪着诱人色彩的巨额现金支票，看样子只能原物收回了。甚至有人私下开玩笑，会不会本来就没法打开啊！这七天赚足了博览会所有来宾的眼球，大小报刊、各种媒体也是每天报道，企业的关注度可以说到了空前的高度。

几年前的宇宙锁厂，一度也是媒体的焦点。这得从他们原先的技术员金诚说起，金诚是个自学成才的奇才，从小对锁具特别感兴趣，可以说从小到大，经过他的手，没有打不开的锁。他对锁的痴迷简直到了疯癫的程度，他的住房里，凡是有门的地方都被他安上了锁，且所有的锁根据他自己的喜好经常更换。用他的话说，一来可以时时研究，二来也可防盗。五年前，他最得意的助手把一款接近成功的新产品的所有资料席卷而走，不知下落。为了比助手早一步研究出那款产品，金诚是连日连夜加班开发。无巧不巧的是，家里住的那幢大楼发生火灾，他的房子因为门窗都是坚固的锁具，耽误了救人的时间，他的妻女全在大火里丧生，幸亏儿子在外求学得以幸免。从厂里得讯赶回家的金诚当场昏倒，醒来后从此神志不清，最终走失不知去向。那件事的轰动效果没有比这次擂台小。据说金诚的儿子毕业后，被宇宙锁厂招聘进厂，这些年来，宇宙锁厂和金诚的儿子一直在找金诚，都是无果而归。

台下来了一个小个子，腋下夹个小包，戴个墨镜，很小心地一步一步走上擂台，偶尔还看到他不经意地环顾一下台下四周。向工作人员签到后，就来到台中间那把巨锁前，背朝台下，打开随身带着的小包，掏出工具工作起来。台上台下的所有人都开始聚焦到这把锁上，大家的目的只有一个：出现奇迹，打开这把神奇的巨锁。所有的人没有一个人发觉，那个流浪汉不知何时站起了身，双眼圆睁，一步步慢慢靠近擂台。

半个小时过去了，台上的小个子直起身来，双手依旧不停地在捣鼓着面前的巨锁。台上台下的人一个个越来越紧张，仿佛是自己在开锁，纷纷为台上的小个子捏把汗。又是半个小时过去了，台上台下的人突然看到小个子举起右手，用衣袖在前额擦了擦。

终于，大家看到那小个子直起了身，台上的工作人员立即跑过来两个人，拉住了小个子，要他面朝台下，宣布巨锁已经打开。台下顿时哗然，有人尖叫着要小个子摘下墨镜，让大家看看这个要拿走188万巨奖的神秘高人。小个子不愿摘墨镜，转身请求工作人员，让他保留眼镜。

"王义，你个畜生，我找了你整整五年了。你摘不摘眼镜我都认得你。"一声洪亮略带悲怆的声音从台角传来，原来是不知何时来到台前的那个流浪汉。

"师傅，我真的错了。"台上小个子挣脱工作人员，朝着流浪汉"扑通"跪了下去。

台上奔出一老一少，紧紧拉住流浪汉的手，小的跪在流浪汉的面前，"爸，这些年我们找您找得好苦啊！"老的也说，"金诚师傅啊！我们总算找到你了。"

与沈万三斗宝

假作真来真亦假，梦里是醒醒亦梦。周庄半刻春梦，折射的却是当今社会万象。

阿水仰脖喝完杯底的万山酒，又把最后一块滴着酱红浓汁的万三蹄塞进嘴里，酥滑香鲜的肉块不用牙嚼就入喉落肚了。他很满

享受阳光

足地打了一个饱嗝，将肥硕的身子斜斜往临水的美人靠一倚，正是周庄华灯大放的时候，酥软的晚风如美人的纤手轻轻拂过阿水的脸庞。阿水惬意地眯上眼，心满意足地说，"真爽。"

"水局，如何？"灯影里的秘书悄声问道。

"不错。"阿水赞许地说，"我看沈万三也不如我啊！"

"那是。那是。"秘书自然是顺着主子的话头应和。

"何以见得？"一阵风过，阿水看见朦胧的灯影里有个古装打扮的人立在跟前。他摇摇头，真的有个人，莫非是拍古装戏的演员？

"你是谁？"阿水有些惴惴的。

"你倒是贵人多忘事，刚才不是你口出狂言吗？我就是沈万三。"那人哈哈一笑，抱拳为礼，坐到了阿水的对面。

阿水听完来人的介绍，一激灵，立马坐直身子，怔在那里发呆。"那你，你……？"半晌，才嗫嚅出半句话。

那人微微一笑，"别无他意。你不是说我不如你吗？特意前来见识一下。"

原来如此。阿水心里一宽，神情开始松弛下来，恢复了平时局座的自信和威严。"这个好说，我说你不如我就是不如我。"

沈万三暗暗笑了，难道他不知道我有一个要什么可以变什么的聚宝盆吗？就提醒阿水，"我可是有闻名天下人人羡慕的聚宝盆啊！只要你随便放什么进去，就会有原样东西变出来啊！"

轮到阿水笑了，真是古人的笨脑筋啊，都什么年代了。就决定逗逗他，就说，"那你给我说说，你的聚宝盆有什么好处，也让我开开眼。"

眼前这人看上去是肠肥脑满的，肯定是那些纨绔弟子或者不学无术的草包，沈万三心里想，今天就让沈爷给你开开眼吧！就随手从袖管里掏出一个木不木铁不铁灰不溜秋的碗状物来，放在面前的桌上。

看模样不起眼的碗状物，一到桌上就显出神奇来了，见风就长，越变越大，很快，就变成了一个八角形的泛着金属光泽脸盆大小的巨碗。沈万三随手拿过桌上的一双筷子，往碗里一丢，嘴里念念有词，一会碗底里冒出无数双筷子来。

阿水在旁不屑一顾，"变点有用的东西还差不多。"

沈万山说一声好，从袋里拿出一个金元宝，放进碗里，在他的念念有词中，巨碗里的金元宝越来越多，沈万三赶忙腾出手去，拿出金元宝放在桌上，眼看黄澄澄的金元宝快摆满桌面才止住。沈万三指着金元宝说，"这是好东西吧！我可是靠它换取了豪宅美妾啊！"

阿水笑了。他从身边的LV包里拿出那枚决定局里生杀大权的公章，对沈万三说，"你看我这个橡皮图章怎么样？你别小看它，要钱有钱，要美女有美女，一切皆有可能。最重要的是，这枚印章还可以决定一个人的前途存亡，这个你的聚宝盆做不到吧？！"

沈万三不服气，"你这不是以权谋私吗？这是犯法的啊！"

"岂不闻有权不用过时作废吗！看来你真是老古董，过时了。"

阿水哈哈一笑，"怎么样？认输了吧！"

沈万三呆了一会，"我不会输。你们当官的有时间年龄规定啊！再过几年，你从位置上退下来后，还能这样呼风唤雨吗？再说，即使在位置上，还得随时防备有人举报，担心纪委叫去喝茶啊！你说呢？"

这下真把阿水问住了，是啊！自己这个可是有风险的啊！很快，阿水脑子一转，"这样说来，确实是我输了。要不，我们做个交易，你把你的聚宝盆转让给我，趁我现在还在位，你开个价，出多少钱都行！再说你已经富可敌国了，这聚宝盆对你也没多大意义了。"

"唉！"沈万三叹了一口气，"你知道我这个聚宝盆是怎么得来的吗？我经商几十年，一贯诚实守信，童叟无欺，遵纪守法，仁义谦恭，买卖公道，在这周庄方圆几百里甚至到京城金陵，都是妇孺皆知耳熟能详的。所以上天就赐予我这个宝物，这也是我平时做人经商的回报。"

"可是你呢！"沈万三口气有些严厉起来，"身为百姓之父母官，不思为民造福，整日想着以权谋私，到风景区吃喝玩乐，你心里一点愧疚之心也没有。举头三尺有神明，假如我把聚宝盆给你，恐怕连我也要遭天谴啊！"

"……周庄容不得像你这样的败类，永远！"沈万三越说越觉得怒气难消，骈指如剑，直抵阿水的鼻尖，吓得阿水一跃而起。

"水局，您做噩梦了？"眼前分明是一脸谦卑的秘书，阿水心里一松，幸好刚才只是做了一个梦。

陀螺王

一个非常有趣的故事，故事还告诉你有些事别只看表面，或者说笑到最后才是赢家。

黄榕履任市文体局长后，一直在琢磨如何做出一番新的政绩，可以借机再往上挪挪位置。

一连几月，他也想不出可以立竿见影的好招。

回到乡下老家黄店过年的他，都提不起多少兴致，没有显出往年的热情，家里人不知道发生了什么事，也不敢多问。

"我的陀螺大，打起来难度大。自然是我赢。""我的陀螺旋转时间长，当然是我赢。"

屋前大明堂上两个小孩尖利的争吵声引起了黄榕的注意，在吵些什么呢？输赢是体育比赛的常用语，黄榕忍不住走了出来。原来是两个小孩在打陀螺赌输赢，分不出高低了才争执。

黄榕一下子脑洞大开，老家山区这一片一直有打陀螺的习俗。小时候几次让父亲找来那种坚硬的杂木，削成尖头又圆又滑的陀螺。自己则把村人养蚕废弃的桑树条剥下整块的皮，搓成绳子缚在一根短短的细木棒上，充当鞭子用来抽打陀螺。这不就是现成的全民健身好项目啊！

享受阳光

　　黄榕心里展开了想象，在全市范围来个打陀螺大赛，这个全省首创的全民健身比赛节目肯定会吸引省内外媒体的眼球，届时安城的名气就会噌噌往上蹿，这不就达到自己目的了吗！打陀螺可以分为常规打和花式打，常规的可以按照陀螺的大小轻重来分组比赛，花式的打法可以按照参赛者的奇思巧想，再来判定比赛结果。

　　主意一定，这年也过得踏实了。新年一上班，黄榕就吩咐下面人撰写方案打报告，取得了市委市府的大力支持，于是，安城首届陀螺大赛就在省市领导的支持下隆重开幕了。

　　常规比赛按部就班，仿照拳击、举重一样，按陀螺从轻到重分组举行，非常顺利。花式比赛正如预期一样，一天一次或多次的崭新纪录，一次次刷爆了所有人的眼球。有打母子连环的，一大一小，在场内相互追逐，煞是好看。也有三星追月的，一大三小，打陀螺人更是一手一鞭，左右开弓，高潮迭起。

　　压轴的是黄店的黄江和徐里的徐山，黄江一出场，没有多少人惊讶，只见他一连排出五个从大到小的陀螺，远远看去，就像俄罗斯套娃一样，小的似乎可以装到大的肚子里。他不慌不忙地从小到大，一个个开始抽打起来，四个小陀螺在大陀螺身前或快或慢转个不停，如众星拱月一样。

　　徐山一出场，顿时响起一片喝彩声。跟着他亮相的硕大陀螺，看上去直径有五六十厘米，毛估重量不下几十斤，这么大的陀螺，在场大部分人都是第一次看到。

　　打陀螺一般起手小的用手一转一放，就会在地上自己先转起来。

大一点的会用抽打的鞭子在陀螺腰上缠绕几圈，然后一抽鞭子，陀螺就会随着惯性转起来。让陀螺不停地转着，只有用特制的鞭子有奇巧地抽打，不然，如果抽打不得法，陀螺就会停止旋转，顿时倒地。

或许是由于陀螺太大，徐山在陀螺上面的中心装了一个铁环，放好陀螺后，徐山退到一丈多远，大刀金马地站好，从腰间抽出绕了几圈的鞭子，"啪啪"，前后左右挥洒了几声响亮的鞭声，算是理顺了鞭子。只见他一提一挥鞭子，如蛇头一样的鞭梢灵巧地钻进了铁环。说时迟那时快，徐山不知怎么上下左右挥动转换了几下，几十斤的大陀螺已经在大家的眼皮下，"骨碌碌"地转动起来了。此时的徐山，站得远远的，快一下慢一下抽打着陀螺，看上去丝毫没有一点难度，观众们忍不住又叫出一片好来。

回头看黄江，所有的人惊呆了。不知何时，黄江已经把五个陀螺从上到下、由小到大完成了叠罗汉的程序。更让人目瞪口呆的是，黄江不慌不忙，或快或慢、此轻彼重地轮流抽打着五个陀螺，让五个陀螺依然不停转动着。这样奇巧的打法，不要说会打，就是见也没有见过。在场的人不仅叫出好来，不知谁带头，雷鸣般的掌声顿时响彻赛场的上空。

不用说，胜负已经立见分晓了。

比赛结束，就在赛场边上的市民广场进行了现场颁奖，黄江是公认的花式陀螺王，踌躇满志地从分管副市长手中接过了金光闪闪的奖匾和获奖证书。

"有人掉江里了！"突然，台下一声尖厉的叫声盖过了正在为黄江鼓掌的声音。

原来颁奖会在广场内一个临水平台上临时搭了一个主席台，围观的人太多，一直站到水边，一阵人群骚动，不料把一个小孩挤到了水里。时近寒冬，几米深的江水，吓得一般人都不敢随便去救人。

眼看小孩慢慢离开岸边，千钧一发之际，名列第二的徐山用鞭子开道，挤到了水边。只见他把自己的大陀螺往水里轻轻一放，退后几步，挥动鞭子，只见鞭子带着陀螺缓缓飘到了孩子身前，然后手一松一挥，一边卷住了孩子，一边大声提醒孩子抱住陀螺。孩子开始在水里双手乱挥，大声哭喊，被徐山卷住身子后，算是稳住神了，伸出双手，抱住了面前的大陀螺。徐山看孩子已经抱住陀螺了，手一挥一转，鞭梢已经穿过铁环并系住了。徐山不慌不忙，双手不停转换，三下五去二，就把陀螺连同孩子，拉倒了岸边，早有另外观众从岸边抱起了孩子。

短短几分钟，徐山凭着大陀螺和鞭子在众目睽睽下不动声色的救起了孩子，在场的人都被这惊险场景震惊了。

"陀螺王,陀螺王"，不知谁带头，现场想起了震天动地的呼喊声。

第二辑　市井

市井，可以让人联想城市的大街小巷，密密匝匝如蜂巢一样的街巷，每天都在上演着数不胜数的悲剧、喜剧和不喜不悲剧。小小说里的市井，又会向你展示怎样与众不同的市井故事和逸闻趣事，可以顺着一个个想象奇崛的故事脉络，恣意享受市井人物无所顾忌的大尺度表演。

黑色恐惧

看似一个越看越令人紧张的生活故事，可到最后像相声一样抖完包袱后，绝不是只带给你一笑而止的幽默故事。

那天陪朋友去他的亲戚家办一件事，坐在朋友亲戚家的沙发上，他们聊得很热闹，我闲着无事。不经意中眼睛落在双手上，发觉我的双手看上去似乎比平时黑了一些。心里大窘，这么大个人了，怎么就连手也不洗干净啊！

享受阳光

　　我起身到他家的洗手间洗了手，灯光下看去比刚才白净多了，这才心里稍感安慰，继续坐下来。

　　次日，下班回家吃饭，我到洗手池边洗手，居然发现我的双手又是黑乎乎的。怎么会这样呢？我拼命地洗，几遍洗下来，感觉还是和平时不一样。弄了许多洗手液，把手都快搓红了，似乎看上去双手已经恢复到平时的状态了，心下稍安。吃饭时，妻子问我，今天这手怎么洗这么长时间，和平时洗手有点不太情愿的我，似乎有点违背常理啊！我岔开话头，还是不敢把这双手变黑的状况告诉她，免得她为我担心。

　　第三天到办公室后，我赶忙上电脑里查，谁知平时万能的电脑也没有一个正确的答案给我。查了很长时间，指甲变黑是可能内脏器官出现病变，双手变黑，也有人在询问，却找不到一个答复。天啊！莫非这像个 UFO 一样，目前还是个未解之谜。

　　晚上回家，我发现我的双手又比中午在办公室里看时黑色更重了。我在水龙头下，停留了很长时间，终于洗干净了。这下又等到妻子的疑问了，还说我到底在外面干什么坏事了，是不是双手拿了不应该拿的东西了？

　　我在单位里，有一个不大不小的职位，偶尔也有不太睁眼的朋友，会拿一些我不方便或者说我没有理由拿的东西，来找我办事。十几年了，能办的事我不会去为难人家，不合原则的只有和人家解释不能办的原因，这点我还是自认为做得上上下下对得起的。以前如此，现在这样，以后一直到退休，我会一直这样坚持下去的，我得为我的家人有一份平安宁静的生活负责。

我抢白妻子一句，这么多年了，别人不理解，你还不知道我的为人啊！说完，我干脆把这两三天来双手莫名变黑的事说了。这一说，正如我当初不说的理由一样。妻子反应强烈，你怎么这样啊！这种事怎么可以瞒我，万一你的身体真出现个什么，你让我这个妻子怎么心安理得。再说，我们孩子才刚工作，你说我们这一家子的好日子才开头，怎么可以有个风吹草动的变故。妻子和平时一样给我上完课后，不容分说，以一种下命令的口气，要我打电话给单位领导请个假，明天上班稍微迟到，先去医院里彻底检查一下。

我说双手变黑确实有三天了，只是我的身体一点异常也没有啊！再说，网上也查了，没有答案，假如真的有什么病变，肯定网上遍地是这类帖子啊！

我妻子打断我的话，这样就更加令人担心，你说前些年非典有病例吗？再说，你忘了，去年你们单位的副局，身体棒得能打死老虎，结果单位年度体检时，不是查出癌症晚期了，不到半年就走了。我怕妻子在举出车载马拉的 N 个例子来，连说好好好，你别再说下去了，我听你的，明天去体检一下就是。

晚上临睡前，妻子说，你洗个澡，把身上的衣服都换掉，就算是尊重医生吧。我觉得这个建议很好。走进浴室，在浴室里大镜子里，我吓了一大跳。我在镜子里看到了我最不愿意看到的一幕，镜子里我分明看到我平时在妻子面前炫耀过的皙白的皮肤蒙上了一层黑色，两条大腿上下看去黑乎乎的。天啊！怎么会这样呢？莫非我真的患上了……我不敢多想，我在身上拼命涂满沐浴液，双手拼命上下搓洗，还好，总算没有留下黑的痕迹。

怎么办？我对妻子说，我去看会书。在书桌前坐下，心里再也无法平静下来。我才刚过不惑之年，正是人生的黄金时期。事已如此，人毕竟无法斗得过命的，我强自镇静，草草给妻儿各留下一封信，万一明天真的查出什么，也不必担心出不了医院来不及向妻儿交代。

躺在床上，我是翻来覆去睡不着觉，妻子反而安慰我，不用担心，明天去检查一下，就一切清楚了，如果县医院没有结果，我们去杭州、上海检查。我嘴里说不担心，心里怎么也难以平静。假如妻子知道我在浴室里的发现，说不定她会担心得连夜让我去挂急诊的。折腾了大半夜，到天亮时分，我才迷迷糊糊地不知不觉睡着了。连身边的妻子什么时候起床也不知道。

睡梦中我被妻子摇醒，妻子告诉我，早上把我昨晚换下来的衣服浸在水里，打算先泡一会，擦上肥皂，医院里回来洗着省力一点。结果发现，我那条第一次穿的黑裤一放进水里，很快水色变成墨汁一样了，原来那条她从网上给我买来的名牌裤子是假冒的。

我一骨碌从床上坐起来，说只有那条裤子褪色吗？妻子说是的，看来以后不能在贪便宜在网上买品牌服装了。我说，不仅如此，我今天还可以不用去医院了。

妻子睁大双眼，我说了我昨晚在浴室里的发现，再说，平日里手机、钱包、电话本都在裤兜里，双手一天到晚不知在裤兜里伸进伸出多少次，哪有不黑的道理。

秋菊图

廉政小小说有些难度，其实任何题材的小小说都难在一个把握的度，本篇把握了一个让你意想不到的度。

接到从宾馆打来的老师电话，正清不仅仅感到意外，简直是惊诧。老师一声不响从几百里外赶到他任职的海滨城市，不是万不得已，年逾七旬的老人不可能亲自赶来。正清马上安顿好手头的工作，匆匆赶到老人入住的宾馆。

正清来海滨城市上任之前，去向当年有恩于他的中学老师严逸云辞别。这位退休后浸淫书画丹青、在省内小有名气的老画家。见当年自己的得意门生上门，拿出一幅早已准备的画送给正清。

正清连连推辞，他知道老师的画一平方尺万把块钱，一幅中堂动辄几万，这礼太贵重了！严老当着正清的面打开画轴，只见整幅画面，嶙峋的一方太湖石旁，数瓣绿叶俯仰有致，一枝菊花旁逸斜出，正迎风怒放，大有一枝独秀之状。此番意蕴，更显菊花傲霜斗雪的清逸高尚。题款"秋菊傲严霜，历寒犹挂枝"。

"正清，这么多年，你我情同父子，这说钱不是伤感情吗！再说，你应该知道我的秉性，这仅仅是一幅可以论价钱的画吗？"

"老师，我明白你的心意了"，正清恭敬地站起来，把画重新卷起来，"我会把画挂在办公室，就当老师在我身边。"

正清带着老师送的画赴任，每到一个任上，亲自过问的第一件事就是在办公室里挂好这幅"秋菊图"。几年下来，年年都有人来询价，想买他的画，正清一概婉辞。他知道这些人中，只有极个别的懂得画的价值，大部分人都是想买这幅画主人身上附带的价值。他也知道自己不是斗霜傲雪后凋谢了依然挂在枝头的秋菊。老师当初送他这幅画，不过寄予希望于他，学做不畏风霜的秋菊，他懂老师的心意。

见了老师，正清一颗悬着的心终于放下了。原来孙子参加国考，考上了正清所在城市的一个职位，这次是过来参加面试的。老人好几年没见着正清了，就抢着要陪孙子过来，只是想和正清见个面叙叙旧。

正清知道老人是不想惊动自己，一切等事情结束了才告诉自己。唉！这个正直耿介一辈子的老头啊！正清在心里暗自赞许。

下班后，正清推掉事务来到宾馆，陪老师和他的孙子小严一起吃了顿饭。晚饭后特地叫了个车，陪老师在市中心兜了兜，赏赏夜景，一直到很晚才返回。看得出，老人很高兴。正清挽留老人多住几天，老人推辞，本来不想惊动他，或许自己真老了，见得一面少一面，就想着和孙子一起来了，说得正清也有些动容。是啊！毕竟七十多岁的人了。

毕竟是一市之长，正清陪老人吃饭、在市里兜风的事很快传开。老人孙子招聘单位的领导也听说了这个消息，于是一个电话打给老人的孙子小严。这小严也就老老实实说了爷爷和正清市长的关系，领导一迭声地说小严，你面试时怎么不说呢！

严老师的孙子如愿以偿到了报考的单位上班，一家人都很高兴。

上班后，领导对他格外看重，出去办事经常带他一起出去，偶尔还会和对方介绍这小严和正清市长的关系。说实话，一开始，年轻人脸薄，有些不好意思，慢慢也就习惯了。渐渐地，他发现了其中的奥妙，领导总是在办事不太顺利时，恰逢其时介绍自己的身份。他明白了，领导在利用自己和市长的关系。时间一长，他的心里开始滋生一种不安和兴奋。不安的是，如果市长知道领导利用自己打着市长的招牌，后果会怎样？兴奋的是自己也可以利用一下这现成的条件、资源，早点逮个机会和领导提个要求什么的，不然，这不白瞎了。

正清对小严上不上班一点也不知情，他也不想过问，如果自己贸然去过问，老师知道会怪自己的，他几乎忘了这事。直到半年后，他陆续接到有同事或朋友的电话，问他是不是有个侄子在某某单位上班？他才陡然想起这事。他也终于知道，还有人在外面打着自己的招牌，他有些坐不住了。

他让秘书安排和小严以及他们领导见了一面，严肃训诫了那个领导扯大旗作虎皮的行为，以后再不准带着小严打他的招牌。

最后，正清叫住小严，问他出来工作爷爷没什么交代吗？小严一脸不屑，说爷爷送了一幅墨竹图，挂在墙上黑漆隆咚的，就没挂。正清市长指着身后的"秋菊图"说，这是我离开家乡上任时，你爷爷送我的，这些年我也一直朝着你爷爷期望的目标努力。

我敢肯定，你爷爷还在"墨竹图"上题了类似"未老先有节，凌云仍虚心"的款，看见小严脸上露出惊讶神色，正清接着说，你爷爷希望你做人做事有气节、虚心上进啊！看来你真是辜负了你爷爷的殷切厚望啊！

小严脸红红的，有些似懂非懂地点着头，正清望着他，心头颇有些沉重。

规　矩

是规矩还是官本位，一件小事，可以折射出人性的本真。

于刚正低着头写主任交代的工作任务，总公司分管领导推门进来了。

这是早晨刚上班办公室胡主任布置的，说是一把手的讲话材料，明天上午总裁的会议发言，哪怕不吃不喝，下午必须把稿子交给主任。

于刚是新人，到岗不过一个多星期，很多事情不太熟悉。总裁的讲话要求高，前因后果要串在一起，承前启后要有延续性更要有独创性。于刚没办法，放弃午休，从早上到现在，已经连续作战六七个小时了，数千字的材料正好画上句号。

分管领导听于刚说在赶写明天总裁的材料，很想知道这个新人到底有多少斤两，就饶有兴致地要过去看起来。一看：主次分明，条理清楚，观点鲜明，语句流畅。心里不禁得有些赞许，嘴里却淡淡地说，还不错。

分管领导把材料还给于刚，然后就回去了。这时主任从外面回来了，他正好看到了领导把材料还给于刚，心里有些不快。这于刚真不懂规矩，材料必须先交给自己的，自己审稿合格后才能递交给分管领导的啊！

看分管领导走了，于刚再把材料从头到尾认真看了一遍，再恭恭敬敬地双手递给主任，说请主任把关，主任不冷不热地说了一句，放那里吧！心里想，分管领导都看过了，我怎么还敢把关呢！万一我看出不好，有所改动被领导看出来，我岂不是自讨没趣。

于刚心里一惊，早上主任说得那么急切那么热情，怎么写出来了反而如此冷淡？对了，莫非为了刚才分管领导比他先看了材料，心里不高兴了。这分管领导是恰逢其会，又不是他于刚去特意叫过来的，于刚想想这也没法解释，说不定越描越黑，也只好顺其自然了，就回到自己座位坐下。

主任心里不快，但工作程序还得走一下。主任拿起这份材料，到了分管领导那里，领导一听是刚才看过的材料，就说我刚好有事到你们办公室，顺便看过材料了，写得不错。讲话里面提到前几年的事例，于刚这个新人不太熟悉，你主任把关一下就可以了。

主任嘴里答应着，心里不太当回事，你分管领导都已经看过了，你都没有发现错误，我也不一定能发现得了。再说，有你领导最后一道审核，真有错误要背罪也轮不到我的头上。这样想着，主任从分管领导那里出来，就直接把稿子给总裁送了过去。总裁没在办公室，主任就把材料放到办公桌上，专门给总裁打了个电话做了汇报。

讲话稿是交上去了，主任心里还是有些惴惴不安的，毕竟自己赌气没有认真审核，万一真的有什么纰漏被总裁发现，自己会不会挨骂呢？不过，幸好有分管领导在自己前面顶着，还算有一条退路。主任想着只要晚上不来电话，这事就算揭过了。不过，对于于刚这个新人，以后还得找个机会点拨点拨，不能这样没有规矩，跳过自己不就是没把我这个主任放在眼里吗？

真是怕什么就来什么。总裁的电话来了，直接问主任这个稿子是怎么把关的，牵涉到去年的几个数据都有明显错误，是不是等着自己明天在会议上向大领导汇报出丑啊！

半躺在沙发上的主任，吓得顿时坐直了身子，支支吾吾地说，这是分管领导最后审阅的啊！怎么会这样呢？总裁听了主任的解释，顿时在电话里发火了，你今天中邪了是不？分管领导不是年初才调来的吗？他是神仙知道我们去年前年的所有事啊！再说这些数据一直都是你们办公室掌握的，你还有理由推诿，是不是不想干了？

总裁一言九鼎，想谁下课就可以立马下课，主任这下吓得不轻。连连在电话里检讨自己工作失误，一迭声说立刻到办公室里把错误纠正过来，保证以后也不会再犯同样的错误。

开车去办公室的路上，主任心里那个火啊！都是不懂规矩的于刚惹的，自己一定要找个机会，好好修理修理他，不然还真咽不下这口气。

陈小林不是强奸犯

人说差之毫厘谬以千里，生活中一字之差也会有一些啼笑皆非的结果出来，譬如本篇。

片儿警蒋希上班就碰到了案子。

案情其实很简单，一个盲流女被人强奸，问题是那个强奸的畜生一边强奸一边还低声叫嚷，"我是陈小林，我是大科长，"其结果自然是那个畜生跑掉了。

蒋希觉得这不是很难啊！不是说世上无难事有事问百度啊，上网搜索一下不就行了。一搜，蒋希头大了，叫陈小林的有数百人之众。不过，还好，符合第二条的叫陈小林又是科长的倒是不多。这下好办了，马上调出符合这两个条件的陈小林的图像来。

当那个盲流女一看到市发改委陈小林科长的照片，就激动得有点情绪失控，颤抖着手指，指着照片涕泪交加，"就是他，就是那个畜生。"为了慎重，只好暗地里把陈小林科长请来，盲流女暗中再认。这一次，盲流女说面孔是一模一样，就是那个畜生衣服穿得破烂，没有眼前这位衣着整齐。没办法，只好问询陈小林，陈是一口否认，咒天指地说绝没有做过这种缺德事。只是问到事发那天自己的行踪时，满脸难色，怎么也说不清楚了。看来，他的嫌疑还是没法排除，那就只好先留下了。

陈小林的妻子潘玉莲接到公安局关于她丈夫的电话，呆住了，打死她也不相信丈夫会做出这种丢人现眼的事啊！她记得那天丈夫告诉她单位加班啊！不对啊！如果单位加班，丈夫为什么不说，莫非……她有些不敢往下想了。她赶到丈夫上班的单位，了解到的情况是根本不存在加班，难道丈夫真的就是强奸犯？她有些不解，平时在她身上几乎都是自己主动的，怎么可能去做那种事啊！再说，真要做那事，这年头也不至于去找街边的流浪女啊！大街小巷灯光迷离的小屋子里都是半公开廉价的明娼暗妓啊！

潘玉莲跑到公安局，人家又不让她见陈小林，说是案子没结，不能随便见面。她没辙了，只好回到娘家找还在位子上的父亲帮忙。一番辛苦，得到的结果却是目前找不到可以解除她丈夫嫌疑的有力证据，她丈夫自己也没有证明他那一个晚上在什么地方做什么事有什么证人。一句话，一切对她丈夫非常不利。

说实话，以陈小林这样的身份做这种事，蒋希和他一起办案的同事，也是十二分的不信。可事实毕竟是事实，受害人一口咬定是他，嫌疑人自己又说不出有利的证据。这让蒋希和同事们非常头痛，本来以为是很简单的一件小案子，看上去疑窦百出，怎么也没法结案。

案子有了新的线索，陈小林自己交代事发当晚他在情人处，他的情人也提供了许多证据，但毕竟是情人，证据还是值得商榷的。这下潘玉莲不答应了。当初自己娘家费了多少心思，才把这个大山深处的大学生留在这个城市里。现在他不知报恩，反而在外拈花惹草，一怒之下铁下心要和陈小林离婚。

　　蒋希觉得有必要去陈小林的老家走一趟，或许会有新的收获。他来到陈的老家，居然收获大大超过他的预料。陈小林还有个孪生兄长叫陈水林，只比陈小林早出生几十分钟。按同村人说法，这个陈小林真是猪狗不如的东西。当年兄弟俩一起考学，成绩还是哥哥水林好，可母逝父病的清贫家境只好牺牲做哥哥的，南下去打工挣钱供弟弟上学。后来弟弟大学毕业留在了大城市，取了个城里姑娘，从此和乡下父兄断绝了关系。前两年父亲重病，陈水林一个人实在支撑不下了，带着病父去找弟弟想让他帮忙找个好医院，结果陈小林连家门也不让这远道而去的父兄进，气得病父当时晕倒在地，怎么也不愿再进医院，连气带病，回家不久就死了。从此陈水林除了清明冬至来父母坟前添土上香外，长年在外面打工。就在前几天陈水林还在村里，有村民看到他在父母坟前坐了很长时间。

　　当蒋希得知兄弟俩长得几乎一模一样时，他心中对案子的结果基本有数了。正在返程途中，蒋希接到同事电话，说有个和陈小林长得一模一样的人来自首投案了，说是陈小林的哥哥，他自己交代作案就是为了让陈小林身败名裂。

　　挂了电话，蒋希的心里真是百感交集，愤慨不已。那个将重回自由身的陈小林，他才是更大的"强奸犯"啊！他强奸的恶劣度远远甚于一个盲流女啊！只是这样的人，却无法把他送上法庭，蒋希不由得长叹一声。

黄洋骂市长

　　武侠小说里总说剑走偏锋出人意料，生活中出于无奈也来一次剑走偏锋，结果会怎样呢？

　　黄洋上了一回树，不仅他本人，连他老家黄店也出了名。出名的后果泾渭分明。黄洋还在建筑队里做小工，黄店这个经过黄洋口述、许多安城人实地走访后誉为"世外桃源"的山村，成了安城人周末、假日郊游、度假的好处所。这样的结果有些让人啼笑皆非，村里被污染了，村里人"不知有汉、无论魏晋"的宁静生活彻底打破了。黄洋被村里老人警告不准回家，一切罪孽都因黄洋起，村里何时复归宁静祥和，才容许黄洋回村。

　　无奈，黄洋找到当初采访报道过他的报社、电视台，人家根本不理他，找到信访办，也被人当精神不正常赶了出来。晚上，和一起打工的几个伙伴喝起了闷酒。几杯酒下肚，话就多了，黄洋说，有家难回，大不了跳楼去，一了百了。几个伙伴听他说跳楼，纷纷说好主意。说黄洋你上次上树出了名，这次干脆来个集体假跳楼，让安城市长来对话，也许问题能够一下子解决。大家七嘴八舌趁着酒兴议论起来。

　　挑了一个周末，黄洋和四五个伙伴来到了安城最繁华的市民广场中心的景观塔顶上，嘴里大声叫喊着"不活了"，手舞足蹈，一副要向下跳的样子。

接到报料电话的报社和电视台一听数个人要从几十米高的景观塔上跳下来，马上派出最强的采访阵容来到现场。安城市长起初听到有人要跳塔，不以为然，还责怪电话应该打到劳动局、公安局和消防大队，后一听五六人结伴跳塔，也有些怕了，连忙赶来现场，景观塔下很快聚集了上千人，现场一片混乱，劝导的、怂恿的，同情的、咒骂的，围观的人群吵成一锅粥。也有认出黄洋的，说去年上树，今年跳塔，他到底要干什么啊？上面的人看来的人越来越多，干脆不叫喊了，只说，等市长来了再说原因。

人群一阵骚动，人流中分出一条路来，黄洋看到电视上看到过的那个肥头大耳的胖市长在一帮人簇拥下来到了塔下。立定后，身后有人递过一个喊话喇叭。

"上面的农民朋友，我来了，有什么话就说吧！"

黄洋和几个伙伴交换了一下眼色，就大声开口了。

"你是安城的市长，就是安城这个家的家长，你这个家长就不能管管你们的市民。我今天就要骂你光吃饭不做事的家长。"

"去年我说了一下我们老家山清水秀、风光优美，一年时间，你们去看看，山上山下到处都是你们城里人扔在那里的垃圾，清澈的山溪水再也看不到了！还搞什么招商引资，那个竹木加工厂是什么县领导的亲戚，不但吵得村里人都说要少活三十年，还把我们几百年前祖宗留下来的风水林快砍完了，去年你们的电视还说我们那里是世外桃源，现在是人间地狱了……"

享受阳光

　　"你们整天说我们乡下农民素质差，说你们城里人有多少修养。屁！你们连我们老家的一条狗都不如，我们养的狗还知道吃饭拉屎都有固定的地方。你们倒好，明目张胆地开着车到我们山里老家，去我们的山上掘笋，上我们的树摘水果，见到主人却比主人还凶。我八十多岁的伯父，在自家山上遇到四五个掘笋的城里人，就问了一句你们是哪里的，被人家骂'老不死'外，还说要用锄柄打死他……"

　　说着说着，黄洋哽咽了，他悲愤得说不下去了。他的一个伙伴接过他的话头。

　　"你们不知道啊！黄洋的村里人都怪黄洋去年乱说山里的清静、安宁，现在什么都没有了。村里那些老年人找到他的家人，要他们转告黄洋，不准回家，谁见了黄洋回家谁都可以打。你们想想，这些都是你们城里人作的孽啊！"

　　……

　　塔下的市长和围观的人群终于明白是怎么回事，原来他们不是真的要跳塔轻生，而是要维权，要反映民声。市长也有些动容了。他拿过话筒，"我明白你们的意思了。你们先下来，我责成有关部门对这件事做个彻底的了断。你们说得对，我们不能为了发展而以破坏环境为代价，不能把城里的污染转移到农村……我们既要发展经济，更好保护环境，把青山碧水还给大家。"

　　就凭市长几句话能够改变一切，塔上的黄洋他们依旧有些不信，"我们不信。我们找过报社、电视台，也去过信访中心，没人理我们。你让我们怎么相信你说的话。"

"我是市长。我当着这里上千市民的面保证，如果一个星期后，你们看不到相关措施出台，我引咎辞职。"

两天后，安城上下掀起了一场"安城精神"的思想大讨论，有人专门撰文说是一个叫黄洋的农民给全体安城市民上了一堂课；三天后，从黄洋老家传来消息，一批批身穿红马褂的城里人，说是安城环保志愿队，专门来村里村外捡垃圾的；五天后，黄洋村里新办的竹木加工厂说是无证经营，更不是什么县领导亲戚，被取缔关停了。

黄洋打工之余，每晚在电视里看到这些变化和从老家来到消息，黄洋心里想，回家的日子应该不远啦！

局长的被子

世上本无事庸人自扰之，生活的本来面目有时候总被一些别有用心是人搅得面目全非，幸好生活依旧是生活。

汪清散步回来，走到单位宿舍楼的门卫室，被正在下棋的老黄头叫住了。

"汪主任，您过来一下。"

汪清有些奇怪，刚才出去散步时，老黄头也和门卫老孙在下棋，不是和没看见他一样，怎么自己出去一会，就有事了？疑问归疑问，汪清还是走上前去。

"汪主任，刚才看见你们局长扛着一床被子，一边还打着电话，匆匆往外走。我和老孙都不敢打招呼，你说到底是什么情况？"老黄头压着声音接着说。

"老黄，领导的事我们怎么搞得清呢！再说像我这样十几年转不了正的副主任，能知道什么？"怕两个老头胡乱说话，汪清就想离开，老黄头依旧不放过话题。

"汪主任，会不会你们局长犯事了？带上被子上检察院了。"

"不可能。像他们局长那么好的人，不可能有事的。"旁边的老孙抢过了话题，"局长换了几个，我还没看到过这么没有官架子的局长，每次经过都会和我打招呼，见谁都笑呵呵的，态度好着呢。再说，我们这大院子里，那次扫雪他不是和大家一起干。有次出院子的水堵了，他看我一个人在忙，二话不说，就上前和我一起清理，疏通后才悄悄离去，这样的人犯错，打死我也不相信。"

"老孙啊，这你就错了，现在那些查出来的大贪官，下台前哪个不是好官清官。"老黄一脸不屑，打断了老孙的话，"有句话你知道不？不查人人都是包公海瑞，一查个个成了和坤秦桧。"

两个老人顶上了，汪清反而成了局外人，他干脆顺势离开，嘴里说声，"你们慢慢聊，我还有事。"

其实，汪清的心里已经被老黄头的话搅乱了。刚才局长扛着被子他也看见的，只不过远远地隐约看见像局长，当时不敢肯定，也没打招呼。汪清还想起他走进巷子时，似乎还看见外面停了一辆警车，是不是检察院就不知道了，当时自己还疑惑这大夜晚警车停在那里，莫非又有人公车私用，现在想来可能和局长脱不了干系。

汪清一夜没睡，自己这个位置快十年了，换了正局是不是自己有机会转转正呢？

次日一上班，汪清就跑到平时还算相处得不错的李局，告诉了前一晚老黄头说的事情，当然把自己看到的就瞒下不说。万一老黄瞎说，起码和自己不相干。李局也感到奇怪，转而马上说，"这事简单，打个电话不就结了。"结果电话提示关机，李局也有些紧张，被检察院"请去"自然是不会让你开机的。不过，都是官场混的，李局脸上是波澜不惊，嘴上对汪清说："你先出去。这事先别外传，别弄得人心惶惶。"李局想通过关系彻底搞清这事，万一局长真的……也许对自己就是个机会，他必须采取主动的，不然机会又是别人的，局里几个副局也不是吃素的。

汪清出了李局的门，心里也是没底，对了，几位局长的行踪办公室张主任应该最清楚的，何不去她那里探探口风。

他试探着问："主任，我有点事想找局长，办公室没人啊？"

"局长出去开会了，要好几天呢。你事情急的话就直接打他电话好了。哦，现在就打，他应该在飞机上，肯定关机。"

"谢谢主任。我知道了。"

汪清人是退了出来，心里的疑云还是没有散去。这主任的话怎么像早就准备好似的，莫非昨晚局长和她打过招呼了？去检察院不一定都能查出事来，不过，去了一趟检察院，虽然没事，丢了官位的比比皆是，也许局长就是担心这个，所以提前和主任打个招呼，免得几天后出来就掉了官。呵呵，现在的官，真是太老谋深算了。

汪清在自己的办公室里坐立不安，心想还是去别的办公室探探风声，局长真有事，自己也要有所准备，要不怎么叫先下手为强后下手遭殃。

汪清刚出办公室，见门卫老王领着一个人向主任办公室走去。这会是谁呢？平时怎么不见老王特意领人上主任办公室，莫非是检察院的？汪清决定跟上去看看。

汪清刚走到门口，已经听到里面传出来的声音。原来昨晚局长去医院看望一位生病的老友，得知老友临床的病人是乡下临时转来的，来前太急，陪床家属连被子也忘记带来。局长就说我家近，给你送一床吧！随即送去一床被子。这不，今天早上病人儿子也赶来了，顺便被子也有了。还是临床局长老友说的，局长今天出差了，被子就直接送到局里算了。这不，病人儿子特意送还被子来了，还希望通过办公室主任打个电话给局长，电话里致谢一下。

汪清站不住了，悄悄地转回了办公室。

仰头走路

每个人都有自己的生活方式，每个人得到的生活回报也是各不相同的。你羡慕我的，我其实还想着模仿你的呢！

安民走路，在很长一段时间里，是小城一景。

据说饭后半小时后快走四十分钟左右，有降血糖、减血压等诸多好处，小城一下子多了许多走路的人。有三个一伙的，有五人成群的，有夫妻档的。尤其在绕城而过的环城河两岸，白天少一些，一到晚上，从空中俯瞰，岸两边像哨兵一样整齐排列的行道树之间，就像撒了一把黑芝麻，都是蠕动着的星星点点的人影。

安民一向是独来独往的走，每天风雨无阻雷打不动，大多是晚饭后半小时，顺着绕城河上的几座桥梁，有时走个日字形，心情好就走个目字形。短则四十来分钟，长则一个小时左右。江边像安民这样的独行侠不少，安民成为小城走路一景自有他的与众不同之处。

走路没有人说不会，有一天人们突然发现安民走路和自己截然相反。许多人走路微低着头，身子前倾，匆匆向前赶，安民虽然也是向前疾步而行，形态正好和别人相反，走几步，仰一下头，身子也跟着向后仰一下。一路走去，和他身旁擦身而过的走路人相比，就像如水的车流中，安民一个人在逆向行驶，很快就成了别人眼里的风景。

"啧啧，这人是不是身子残疾的啊！走路一仰一仰的。"

"这人真怪。别人走路低头看路，说不定地上谁掉了钱还能捡到意外之财。这人走路仰头看天，难不成天上会掉个大元宝？"

不管别人的眼里安民是如何的怪僻，或者说别人的嘴里安民是如何的稀奇古怪，安民一概不理，自己走自己的路，和别人又有什么相干。事实上安民这样走路的样子没有多大内情，只不过和自己的工作性质有点联系。安民的工作是上班时间都必须坐在电脑跟前，

享受阳光

时间一长，腰椎颈椎都不好。有人告诉他，走路锻炼腰椎时顺便仰仰头，对颈椎有好处。试了一下，千儿八百米路结束，原来发胀僵硬的脖子居然舒服多了，事实胜于雄辩，因此安民在走路锻炼时，不费一分成本加了一项仰头治颈椎，也因此成了小城锻炼人群里的另类。不过，时间长了，见怪不怪，也就没人对安民指手画脚背后议论了。

小城里发生了一起保姆偷窃主人财物的案子，一度成为小城人津津乐道的话题。说的是江边一户人家的小保姆趁主人出差不在家，约了自己的男朋友在楼下等候，然后把打包的财物扔下窗口的。结果约定的日子里，那个保姆的男朋友因故没赶到地点，扔下的包裹被树下一位市民捡到，一看是财物就心生疑窦，又被刚刚赶到现场的那个男朋友要领走，更加感到事发蹊跷，就立马报了警。

这个案子就这样无意中破了，审理后发现，这个保姆还是个惯犯，加上这次案值数额比较大，报警的市民得到了一大笔奖金。小城电视台作为一个热门话题特意做了一个专题，并把报警获奖的市民请到了现场。

几个眼尖的市民居然发现电视台主持人对面的嘉宾居然是安民，这个貌不惊人的走路者，平时被许多锻炼的人诟病，电视上却侃侃而谈。还说其实他在走路时遇到过很多有趣的事，比如有次一对小情侣吵嘴，男的爬到树上，女的在树下，树上树下你一言我一语的刀来枪往的，安民看不下去，就叫下男的，做了一次和事佬。又有一次，他发现有棵树上有一个马蜂窝，刚好在一幢居民楼的边上，蜂来蜂往的，不要说居民，就是过往的行人也只能绕着走，他就打了电话给消防队，结果几天后，发现被消防队拿掉了。还有一次遇上一个酒鬼喝醉酒爬树，也被他劝阻，他守候着一直等到酒鬼家人接走才回家。还有……

案子也好，电视节目也罢，安民还是和以往一样，饭后雷打不动地去江边仰头走路。不过有所不同是，和他打招呼的陌生人多了起来。一路走去，时不时要应付和他打招呼的人，不管熟不熟悉，安民随时绽放着笑容，应对着各式各样的问询。这样一来，转头四顾的机会多了，安民惊讶地发现，走路锻炼的人群里，像他一样仰头走路的人，不知何时，早已蔚然成风了。

长了脚的报亭

我们说吹尽黄沙始见金，那么掀开生活的表层后，是你想要的结果还是怎么样？故事会告诉你这一切。

实验小学的大门口出来就是一个丁字路口，这天下着小雨，一辆右转的摩托车把一辆接了小孩回家的电动车撞散了架。电动车上的一老一小都摔下来伤了，送进了医院。摩托车驾驶员手脚都在地上蹭破了皮，伤势不重，只好去交警大队录口供。

接警的年轻警察洪扬录完口供后，翻了一下档案，感到很奇怪，心里升起了两个疑问。一是摩托车驾驶员认为，那个报亭位置不合理，刚好遮住了右转的视线，肯定有问题。二是发现这个地方近两年发生过好几次交通事故，情况和今天发生的有惊人的相似。这到底是怎么回事？

洪扬正式成为警察不久，一个从警察学校毕业的优秀生，不能不遇事在脑子里多问个为什么？他悄悄地到现场再去看了看，发现这个报亭就直接安放在转弯的人行道边上，县城其他的报亭有几个也在十字路口的，都考虑来往车辆转弯的视线，位置一般在离开人行道口一两米左右。人行道边的很多顾客直接在自行车上、摩托车上可以拿到报亭老板递给的报刊，不仅方便，生意明显好了许多。另外的，顾客一定要下车停好车后，再走到人行道上去购买报刊，相比之下麻烦又费时间。洪扬把自己的发现和想法反映给了领导，不料领导说局里有领导对这事已发话，按一般交通事故处理，不要节外生枝。洪扬心里有想法，也不敢面对面顶撞领导，何况领导上头还有领导。再说自己刚进来还是试用阶段，领导一句话就可以决定自己的去留问题。

过了几天，领导居然又把洪扬叫去，说让他继续查一下那个报亭交通事故的事。洪扬有些不解，怎么几天时间又变了天啦？领导告诉他，这次事故中电动车上摔下来伤了的是人大常委会副主任的老婆和孙子。人大常委会副主任也听到了一些风声，几次来交警大队催办案子，还说再不作为的话，他只好履行人大代表的职责了，上头有些顶不住了。

　　洪扬心里是喜忧交加，喜的是可以把这个案子一查到底，是非曲直可以弄个一清二楚；忧的是假如这次事故和以前一样，都是普通市民，不是人大常委会副主任的家属，这样的办案动力让这个刚从警校毕业富有正义感的年轻人，心里非常难受。

　　不管怎样，总算可以按照自己的想法去办案，洪扬还是信心十足的。他先到路口周围的店家和住户那里做了调查，这和他原来了解到的一模一样。原来这个报亭的位置是在现在位置向里两米的，听说报亭承包人有背景，动用吊机吊到了现在这个位置。

　　现在能够确证报亭计划位置和现在位置的唯一途径，就是找到邮政局原先在整个县城安放报亭的规划图。这个应该不难，洪扬凭单位介绍信兴冲冲来到邮政局，局长亲自接待了他。洪扬提出想看看报亭规划图时，局长很为难地告诉洪扬，说这些年邮政系统效益不是很好，那个当年规划的经办人早就辞职不干了，连图纸也不知被他丢到哪里了，还说局里也一直在找这份图纸。洪扬傻眼了。局长还说，邮政局也是国家单位，报亭的位置岂能随便容人任意移动的，不能听风就是雨，要重证据。

　　调查误入了死胡同，洪扬有些沮丧，就这么点小事，自己怎么就办不好呢？风过留痕，鸟过留迹洪扬忽然想到，现在的报亭位置是移动过的，那原来的地方一定留下过痕迹的。洪扬赶到那里，刚好人们说的那个位置被旁边一家副食超市整齐堆满空啤酒箱。洪扬让人搬走啤酒箱，果然下面是几个原先焊接报亭底座的钢筋焊接点。

　　洪扬又到邮政局找局长，局长说那几个点就是原先搞错的地方，

享受阳光

现在的是正确的，所以不明底细的总是拿这个说事。洪扬碰了一鼻子灰出来，意外的碰到一个在邮政局里上班的邻居。邻居听说洪扬的事，悄悄地对洪扬说，你这样查不出的。你可以从人家的亲戚关系去打听一下，也许会有收获。

洪扬觉得迂回一下，也许真的会有收获，就私下去查了，结果让洪扬大吃一惊。

最初报亭的位置是想安置在那几个废弃的钢筋焊接点上的，后来因为考虑到承包报亭的下岗市民是个双脚不便于行走的残疾人，就特意把报亭移到人行道边上，这样报亭主人就可以坐着做生意啦。至于视线问题只是个别人的说法，当时也请有关部门来实地看过，应该不存在问题。近年来事故多起来的原因主要是车辆的增加，加上个别骑车、开车的人素质没有跟上，根本不是个案。

胡澄炒股

酒壮怂人胆，钱呢？胡澄脱胎换骨般的神奇经历一定会让你感叹不已。

妻子甩出厚厚一叠钱在胡澄的面前，说："你拿这钱去炒股吧！"

胡澄心头一热，最近股市大热，只要入市，这钱就像捡一样。

"真的？万一亏了？"他还是有些迟疑，伸出一半的手又缩了回来。

自己一向做事犹豫，这也是妻子一直以来恨铁不成钢的理由。单位里平时开会讨论个事，早就想好答案的他，总是犹豫着要不要说，怕说错了领导不高兴，同事们笑话他，以至于经常等不及说出来，别人已经说了和他一样的见解或者散会了。现在这个单位一待十几年，原地踏步。他自嘲自己就像学校里体育课跳山羊，许多人在他背上一按腿一张，一跃而过，剩下自己就是那蹲伺不动的山羊。

妻子这次很干脆："你尽管拿去。这钱就是给你做试验的，亏了就亏了。"

怕被同事们笑话，胡澄悄悄开了户。初入股市，胡澄不知道买什么股票能够赚钱。先跟风吧！他开始留意几只表现最好的股票，跟人入了市。谁知好股票大家都看在眼里，等胡澄这个新手跟进，股价已经炒得很高了。所谓物极必反，胡澄刚进去，微涨一二天，就开始跌了，胡澄连忙抛出，幸好损失不大。

物以稀为贵，胡澄决定改变方式，找冷门的进去。他找了几只曾经表现不错、近段时间不涨不跌平平稳稳的吃进，等待时机想来个咸鱼翻身。谁知这几只股票买进后，居然进入了"冬眠"的节奏。妻子自从给了胡澄钱后，再也没有来问过胡澄一句。妻子越是不动声色，胡澄心里越是不安。

不安归不安，股票还是要管的。胡澄觉得自己初涉股海，没有实战经验不说，连理论积累也是空白，没有全军覆没已经万幸。他觉得听听专家们的意见，说不定自己的几只股票能够柳暗花明又一村。

那些专家说得云山雾海，胡澄是一知半解，不过，还是按照专家的预测和分析，跟着买了几单，依然赚不到钱。后来一个朋友点醒了他，这年头最不能相信的就是专家。所谓的专家都是为"大鱼"服务的，像胡澄这样的散户不过是小鱼小虾，只能做牺牲品的。

跟着大盘走不行，自己单打独行也不成，还有那些专家都是蒙人的，那怎么办呢？胡澄想起一个故事，有个人遇到了困难，便到寺院去求观世音菩萨。他刚走进寺院，见到一个正在求观世音菩萨的人，竟然跟面前供奉的观世音菩萨长得一模一样，便问说：你是观世音菩萨吗？菩萨回答：我正是观世音。这个人更感到惊奇：既然你是观世音菩萨，那为什么还要拜自己呢？观世音菩萨微微一笑：我跟你一样，我也会遇到了难事；但我知道，求人不如求己！

是啊！何不求自己。胡澄决定从关心国家政策入手，找出政府正在或接下去要扶持的产业方面的企业，另外根据国内外大家都关注的生态产业、高新技术等行业企业，顺带关心这些企业的经营情况、发展方向。然后按照自己的选择，挑选几只感觉发展前景看好的股票吃进。为了稳妥，胡澄又按照鸡蛋不能放在同一只篮子的原理，所有资金分开几家投入。

吃了定心丸，胡澄心里有底，稍微有点波动也不慌张，顺其自然。果不其然，一段时间后，胡澄挑选的几只股票没有一只跌的，有两只连续几天涨停，让胡澄稳稳转了一大笔。

股市赚了钱，让胡澄觉得有了底气，这是自己经过深思熟虑结下的硕果。胡澄觉得自己在工作中也是同样的道理啊！自己经过深入调查充分论证过得出的结论，为什么不可以说出来和领导同事们一起进一步探讨？即使说错了，自己不是胡乱应付的，大家也一定会理解的啊！

很快，领导和同事们发现这个平时开会吞吞吐吐连话也似乎说不清楚的胡澄居然变了一个人一样。开会讨论说起事来有根有据，条理分明，见解新颖，由于熟悉单位历史，很多时候提出的意见建议，正好切合领导们的意图，许多人都感到百思不解，这胡澄怎么了？

领导们不管胡澄是怎么转变的，只是觉得这样的人，不让他多挑点担子，真是糟蹋了人才。班子一讨论，一致同意让胡澄去负责一个部门，任命书一下，胡澄感到很意外。退而一想，觉得自己这段时间也确实为单位提了不少好建议，有些还立竿见影有了实效。有想法说出来，看来自己原来的思路还是对的，胡澄不由得在心里感激股市，没有这番炒股经历，肯定没有今天这个结果。

胡澄把单位的任命告诉了妻子，妻子让他把股票都抛了。胡澄觉得不解，这不挺好的啊！是不是因为升职的原因？妻子说你平时胆小怕事，有什么想法都闷在心里，哪里像个男子汉，我让你炒股就是为了激发你内心的那份胆识和担当。现在我如愿以偿了，你的升职出乎我的意料，只能算是收获之外的意外之喜。

接　待

醉翁之意不在酒，不管是谁，都站在自己的位置上考虑问题，其结果又怎会是啼笑皆非的呢？

胡主任，这次可别忘记我提醒过你，一定要接待好，你这一块如果出点纰漏，说不定我们公司也走到头了，你我都要重新去找工作了。

办公室主任在老总面前一口一个承诺，保证做好接待工作，如果出了差错，他第一个先打铺盖打道回府。

说出去的话泼出去的水，再也没法收回。胡主任说是说了，退出总裁办公室，心里却是七上八下啊！上次省公司来客人，结果因为饮食口味不同，客人吃得不高兴，饭后在老总面前敲了边鼓。什么兵马未动粮草先行，什么人是铁饭是钢，如果这企业里，员工连饮食问题也解决不了，如何去开拓市场、发展壮大企业？

南甜北咸，还不算赫赫有名的八大菜系，公司的人来自四面八方，总不可能符合每个人的口味啊！唉，不想这些了，还是解决现在的实际问题吧！

胡主任调动了许多关系，总算大致弄清这次北京总公司来的那位副总的一些个人情况。这位姓高的副总老家是四川人，从小出去在的东北参军，前几年刚从部队转到现下这家带点央企背景的企业。为人较正派，性格直爽，对生活要求不高，如果有川菜，那是他的最爱。

胡主任决定从川菜着手，一查，刚好办公室去年新进一位川籍大学生魏源。胡主任决定北京客人来时，让魏源临时下食堂帮忙，其实就是烧几道川菜给高副总，只要哄得副总高兴了，北京总公司对自己企业的追加投资就肯定成功了。投资是大事，决定企业生死存亡，不然老总也不会对胡主任下死命令了。至于小魏不会烧川菜，立马在本城找个川菜馆临时学几道就可以了。实在不行，临时请个川菜大厨来撑撑门面也行。

再说魏源，进了公司办公室快一年了，每天接触文字材料，也看不出有那位领导特别中意自己的文笔，不然早就被那位老总挑去做秘书去了。听胡主任说，让他临时学几道川菜，专门用来招待北京总公司的人。开始有些不乐意，我堂堂中文系的本科毕业生，你让我去食堂做火头军，这不是糟蹋我吗？胡主任只好耐心和他细谈利害关系，还说如果这次让北京客人满意，他保证向老总推荐。

魏源想想也对啊！万一北京领导吃得特别满意，说不定会关照自己一下，那自己以后的前途不是一片光明吗！一切按照胡主任的计划进行，魏源听从胡主任的安排，找本城最出名的一家川菜馆学艺。

事实上魏源去川菜馆报了一个到，就溜了出来，他直接回老家去了。别看他年轻，脑子还是转得挺快的，他知道临时学几道川菜也是半生不熟的,再怎么烧也烧不过饭店大厨啊!不如直接回老家,找自己的父母亲,学几道自己从小吃的家常菜,乡下菜才是真正的乡愁菜,再带点老家做菜的佐料,这样一定会让北京的客人感觉新鲜,留下一个特别的好印象。

果然,客人来后,听东道主说专门给高总准备了川菜,高总立马笑着阻止,摆摆手说你们还是按照你们当地的饮食习惯吧!我最怕你们一番心思请来川菜师傅,结果烧出来的菜,川不川,渝不渝,不伦不类,辜负了你们的好意,也坏了川菜的名声。

总裁带点不放心的神情问胡主任,真的有把握能让高总吃上地道的家乡菜吗?胡主任这回很有信心,说一定让高总吃得满意,老总这才坚持让胡主任快去准备,别扫了客人的兴。

胡主任退出,一溜小跑来到食堂的灶间,询问魏源有没有把握,听到肯定的回答后,还是忘不了再三叮咛,千万别把这事搞砸了。

这魏源听说北京客人怕吃到似是而非的川菜,干脆撇开原先公司老总和胡主任商定好的川菜菜单,直接按照他四川老家招待客人的方式,用他老家带来的一些食材和佐料,开始烧起家常土菜来。

这桌上的公司老总和厨房外的胡主任,心里一直打鼓,一直担心菜肴带来的结果,究竟是吉还是凶?第一个菜端上来,看上去黑乎乎的,两人心里一下子揪紧了。谁知高总一看桌上的菜,眼睛一亮,随即提起筷子夹了一筷,放进嘴里大嚼起来,看得满桌的人全呆住了,今天这高总是怎么了?

"这么地道的四川老家菜，你们怎么搞来的？我可是好多年没有吃到了。"一连吃了几筷，高总才放下筷子询问起来。

这下把总裁悬着的心放下了，"高总别急，您慢慢品尝。接下去都是你老家的家常菜。"顿时，饭桌上的气氛轻松起来，杯来盏往，大家挥舞手中的筷子，跟着高总开始放量"战斗"起来。

魏源的特色菜上完了，老总才告诉高总，说事属凑巧，公司食堂招进来的一位厨师，正是高总老家那边的，所以高总才有机会吃到原汁原味的家乡菜。

亲不亲故乡人，高总离家数十年，听说家乡人，分外高兴，一定要见见这位厨师。魏源一照面，原来还是个年轻人。高总问长问短，得知魏源还是个中文系本科生后，连呼"可惜可惜"，转身对在座的老总和陪魏源来的胡主任说，"本科生窝在厨房里算是屈才了，这样的人应该放到公司综合办才会施展他的才能啊！我今天破例向你们公司领导开个后门，我走后可否让他到办公室上班？"总裁不知内情，当场满口答应。

魏源心想我这不是转个圈回来了，心想机会难得，连忙上前说，"我……我……"

这高总一看小老乡急赤白脸地想上前说话，以为又是那些场面上感恩之类。就打断魏源，"小老乡不用客气的！也算是缘分，好好干，以后一定会有大好前途的。"

这胡主任一看势头，怕魏源说出自己本来就是办公室人员的事，也连忙抢上一步，拦住魏源，"小魏，快谢谢高总！谢谢老总！"

魏源无奈，只好顺着胡主任的话，向高总和公司老总致谢。话未说完，就被胡主任半拉半拽着弄到了门外。

卖西瓜

一个生活小故事，告诉我们一个浅显的道理，有时候稍稍开动脑子，收获超乎你的想象。

孟伟接到女友舒怡邀请他去她家做客的电话很高兴，他心里清楚，自己已经过了女友这一关。毛脚女婿上门，今天过了未来岳父母的关，他和舒怡的关系基本上就是铁板钉钉——牢固了。

打车来到舒怡家楼下，仰脸看一眼女友家的楼层，孟伟心里有点激动。好几次送女友到楼下，只能在女友的"到此留步"中驻足，看着女友一步步远去，直到女友家的灯"唰"地亮起来，才有些不舍地离开。

耳旁传来一声声吆喝，"高山甜西瓜——便宜卖。"孟伟心想，"这大热天的，何不再买两个山里西瓜。"卖瓜的是个老头，满脸皱纹，头戴草帽，腰扎白汗布，身后一副竹箩筐，一看就知道来自西部山区的农民。本地西部山区的西瓜以甜、脆、鲜出名，这个城市里的卖瓜人都以卖山里西瓜为荣。孟伟暗想今天运气真好，出门就碰上山里西瓜，莫非是个好兆头！他连价也不问就买了两只大西瓜。

　　门开处是扎着围裙的女友，看着孟伟手里大包小包不算，还提着两只大西瓜，嗔怪地说，"这么重的西瓜累不累？"孟伟说，"今天运气好，买上了正宗的山里瓜。"舒怡把孟伟让进屋，说爸妈有点事出去了，一会就回，要孟伟在客厅先坐着。孟伟放下东西，跟着舒怡进了厨房想随机帮忙。

　　外面传来敲门声，孟伟赶忙抢着去开门，门一开，孟伟呆住了，门外赫然就是刚才的卖西瓜老头。"大叔，您怎么上这儿来了？是不是西瓜钱算错了。"老人哈哈一笑，"我怎么就不能上这儿来呢！再说，你来了，我更得来。你先让我进门。"老人边说便往屋里挤。

　　"大叔，大叔，您到底是谁啊？"孟伟急了，试图拦着他。

　　"阿伟，这就是我爸啊！"闻声出来的舒怡接过孟伟的话头。孟伟傻了！

　　"我说女儿，你怎么找了个傻女婿啊？木头一样，戳在那里不动了。"老人开着玩笑进了门。

　　"你就这么不相信女儿的眼光。"舒怡娇嗔地对老人说，一边拉过孟伟站到老人面前，"你看看，有什么不同。你怎么忘记我的专业了。"

　　孟伟一看，乐了！原来老人是化妆过的。舒怡告诉他，她二叔从山里拉着自家的西瓜来卖，退休的老爸正好空闲在家，就说自家兄弟不帮谁帮，分一半算我的。结果路过老爸西瓜摊的人，都说老爸一看就是个城里人，肯定是西瓜贩子。反倒二叔那个山里老头的打扮，活广告一样，西瓜很畅销。

在剧团担任首席化妆师的舒怡知道后，说看我的，就照二叔的打扮给老爸化了妆，加上老爸满口山里方言，这西瓜卖得可快了。你敢说你刚才卖西瓜不是冲着老爸这身打扮才敢相信是正宗山里瓜。

孟伟想想自己当时还真是这样的。

低头看路

每个人都有自己的生活方式，别人的不一定适合你，但也不是说不适合你的就一定不好。还是过适合自己的生活吧！

安民因为颈椎不好，晚饭后在江边仰头走路锻炼，无意中帮警方抓住了从窗口抛物偷窃主人财物的女保姆，《安城报》及安城其他媒体刊登发布后，安城确实热闹了一阵子，更多的安城人加入了仰头走路的行列。

仰头走路，很快成了安城一道别致的风景线。安城走在临江路上，时不时还有熟悉和不相识的人和他打招呼，安民心里有点得意，毕竟这道风景线是他引导出来的。

好景不长，《安城报》等媒体陆续收到市民的来信来电，说张三李四在走路时，连续踩到狗屎。看到"狗屎"两个字眼，看信的记者和接电话的工作人员，仿佛看到奇臭无比的狗屎粘在自己几百块上千块钱的名牌鞋子上，忍不住想吐出隔夜的饭来。

更严重的事件接踵而至，城北一位市民仰头走路时，不慎掉进了市政部门检修挖开的坑里，双脚骨折，住在医院里打来电话投诉，要求媒体赶紧澄清仰头走路的不安全因素，市民的人身安全才是最大的安全。还有城南一位市民在临江路仰着头走路，结果掉进了绕城而过的丰安江里。幸好是初秋，人没伤也没着凉。心里打击太大，那位市民从江里被救起后，穿着湿漉漉的衣服直接跑进安城电视台，要求拍下他仰头走路的不幸遭遇，以警示市民们不要相信什么仰头走路，万一哪一天丢了命就什么也无法挽回了。

媒体坐不住了，但也不敢擅自做主下结论，说前段时间倡导的仰头走路不好，毕竟那是由市里主要领导拍板宣传的。怎么办？聪明的媒体人想出了一个可以让自己没有责任的法子，征求市民们的意见，再由市领导们来决定下一步如何走？

或许摔伤人和掉进江里这两件事影响太大，反馈上来的信息都把矛头指向了仰头走路，一致认为不去仰头走路，这样的结果哪怕百年一遇也不一定遇得上的。安城的笔杆子中有人写出了调研文章，说安城人得颈椎病的概率在省内是最低的，在国内也是殿后的。因此，以仰头走路来预防和治疗颈椎病完全是小题大做，甚至可以说是无聊。再说，这种方法对安民有效，不一定对另外人也有效啊！这是不符合科学规律办事，要根治这种草率处事的办法，就是杜绝仰头走路。

《安城精神文明》杂志上有人撰文认为，安城是闻名遐迩的礼仪之邦，素有"小邹鲁"美誉，仰头走路就是目中无人，有拒人于

享受阳光

千里之外的感觉，这和安城的精神文明建设明显是格格不入的。一句话，仰头走路，从轻者说，影响了安城两千年来传统历史文化美德的传承，从重者说，目过于顶，将严重影响安城改革开放对外招商引资的美好印象。

甚至有上纲上线的，说细节决定成败，从安城人一处细小的生活环节可以看出安城人的精神追求和思想格调。走路不看路，去看不相关的天空，莫非好好的特色道路不走，想另辟蹊径，走出一条变了颜色的路不成？

不用说，安城上下几乎是众口一词，不能再仰头走路了，一定要低头看路，看准路再下脚，这才是正路。

以前仰着头时，不知道下一步会是怎么样的路，现在低头看路，路看清了，心里脑子里清楚多了。脚下是水泥地还是地砖路，一清二楚，再也不用担心摔跤和滑下江去了。甚至有市民反映低头走路时，有市民捡到钱包交给警察叔叔的。市民们纷纷表示，这次媒体倡导低头走路实在是太及时太为市民们着想了，许多人甚至给媒体专程寄去了感谢信。

夜幕降临，安城的江边、公园里，都是一群群一簇簇低着头走路的人流，这里一堆那里一伙，仿佛有人掉了东西，大伙儿在帮着寻找。

华灯大放之际，安民一个人依然如故，在江边仰头走路。和以前一样，很少有人和他打招呼。即便有，也只是用指头戳戳他，在背后悄声议论他的不合时宜。

种豆不能得瓜

　　种瓜得瓜种豆得豆，想要种豆得瓜的一定可以从这个故事里领悟出一点道理。

　　村里别家孩子从小受的教育，大多都是做好人走正道。只有胡江洋的父亲打小就教育儿子，"小时窃钩大了封侯"，任何时候不要做自己吃亏的事。村里有些明白事理的人劝导胡父这样不对，要害孩子一生的，读过几年书的胡父搬出曹操的经典来支持自己的理论。"宁教我负天下人，不教天下人负我"，曹操不是还封魏王吗！你们晓得个屁。

　　在胡父的言教身传之下，东家树上的桃李，西家窝里刚下的鸡蛋，隔三岔五都被胡江洋"顺"到了自己家里，胡江洋也就从小被村里列为防火防盗防江洋的"人物"。这样的家教，也使得他到了乡中学读书后，因为多次偷同学老师的东西，被劝退回了家。

　　命运有时不是凭人想象可以决定的，胡江洋的父亲在山上偷砍别人家树木时，被树主邻村人带人追赶坠崖而死。胡母孤儿寡母的，就整天带领江洋他们几个未成年的孩子，哭闹撒泼在那户人家门口。出于无奈，那户人家赔了些钱后，又托远亲给江洋在县城市文体局里找了个临时工，才算摆平这事。

　　这胡江洋尽管中学都没毕业，天生是官场混的料。进了县城后，居然如鱼得水，越混越好。十几年时间，从单位的临时工转为正式工，再从一个小职员爬到了一局之长，成为在局里一手遮天的老大。

　　说起来其实也不难，他刚到局里，看到局长写得一手好字，就整天围在局长身边，替局长研墨递笔的，隔三岔五的，他会自己掏钱买下一张局长的书法，说是朋友托他买的。一来二去，局长还离不开他了，找个机会把他转正了，也算是对他鞍前马后的酬劳。转正后，他开始拜局长为师学书法，可学了一段时间后，进步不大，觉得这样下去也不见得对自己仕途有帮助。他发现书法没人可以帮忙，文章不一样，可以请人帮忙修改，只要花钱，哪怕重写也是可以的，很少会有人发现。

　　于是，他决定另辟蹊径，学着写文章，每次写好后，找个县内有名气的作家，帮自己润色一番，特意拿给局长"指正"，寄出发表时还不忘署上局长的大名。这样一来，局长觉得胡江洋真是孺子可教，这么好的文采不能屈了他，很快提拔为局办主任、副局长。后来局长到市里更高一级上任，胡江洋也就毫无悬念地成了新一任局长。

　　胡江洋当了局长后，经常会接到一些报刊约稿和文集征稿的电话和函告，为了更好地维护自己才子局长的美名，聪明的他专门在当地找了几个擅长散文、小说、诗歌的文友，想方设法调到自己的局里，专职做自己的枪手。此后，散文、小说、诗歌都专门有一位代笔的，署上"胡江洋"的大名，在省内外报刊上遍地开花。手下人得利他得名，双方各得其所，几年下来，倒也相安无事。

这不，省里下来一位锻炼的挂职副市长，一到安城市就听说了胡江洋的文名。刚好这位副市长在大学里也是文学发烧友，多年来耽于单位事务，专注于经营自己的事业发展，早就疏于文字建构了。听说安城有这么一位近乎著作等身的才子局长，有些牵动旧日情思，不觉手痒痒起来。加上挂职市长的事务本来就不多，公务之余，写了几篇文字，专门把胡江洋叫来，让他给自己指正指正。

胡江洋想不到自己还没来得及和新来副市长攀上关系，对方主动找上他了，接过打印稿，把头点得鸡啄米一样，一迭声说保证完成任务。返回局里，他立马找来最得力的那位枪手，表示钱不是问题，一定要求用最快速度修改好并在大刊发表。

那位枪手不负局长厚望，连日连夜修改好后，署上局长大名发给了关系好的刊物编辑，很快样刊也拿到手了。胡江洋拿到样刊哭笑不得，自己原本想拍一下市长的马屁，这下倒成了市长作品的剽窃客，该如何向市长交代呢！

纸终究包不住火的，挂职副市长不仅知道了事情的前因后果，再找到代笔的枪手一问，彻底剥光了才子局长胡江洋的外皮。再顺藤摸瓜下去，胡江洋多年来贪赃枉法的丑事拔出萝卜带出泥，全暴露在太阳底下了。

胡江洋被一撸到底，灰溜溜地双开回家不算，还得进局子蹲上十几年。

特殊考试

一波三折是这个小故事的特点，至于故事想告诉你什么，就看各自的悟性和造化了。

随着城乡私家车雨后春笋般的增加，县城明显警力不够，于是一纸通告几天之间在县内外传开——招聘交通协警。

交警是个好差使，想扣谁车就扣谁的，想罚多少就罚多少，这是市井坊间一致的共识。果然，报名者如蚁涌一样，甚至有杭州、上海位居白领的打工者也被家里人电话召回。民间有句响了红了几十年的口号：一人参军，全家光荣。这几天在小城则是"一人入警，全家光荣"。

考点设入城郊中学，许多人不明白，尤其很多家住市中心闹市区的更纳闷：城区那么多学校，考点为什么要设在最偏僻的城郊中学呢？任谁也不敢提出异议，日期一到，大家纷纷往考点赶。从城里数十条纵横交错的大街小巷里，涌出一大批人流，汇向城郊中学。仿佛一群饥渴的鱼，在寻找生命的出口，殊不知，有一张硕大的渔网在暗中窥视着。

考场设在学校阶梯式教室，这里可以容纳上千人，台前已布置了一台大投影机。是考试还是放投影电视？莫非考交通规则？考生们一头雾水，嘀咕个不停，现场嘈杂一片，让人怀疑走入农贸市场。

开考时间一到，台前立了一人，通过扩音器宣布初考开始，请大家看屏幕，全场顿时肃静，万目齐聚屏幕，期待考题的出现。

不料，屏幕上放出一段录像，许多人惊呼："这不是刚才快到学校门口的十字路口吗？"细看问题出来了，人来人往中，有闯红灯的，有随意左转弯的，有摩托车、汽车不打转向灯的，还有过斑马线不让行人的，两字形容：杂乱！待镜头拉近放大，许多人的脸有些发烧了，屏幕上杂乱场面中有许多张熟悉的面孔居然就在自己的周围，有的还看到了自己，原来这是刚才录来的东西。

录像放完，喇叭响起，"考试结束！刚才在镜头里违章的朋友不必参加复试。一个不具备最基本的交通意识和观念的人，显然不适合做交通协警。"

初试结束，现场负责招考的章副局长私下叫过一位交警吩咐一阵，就提前走开。

眼看几天后就是复试的时间，市局领导给章副局长打来电话，口气显然有些责怪，说为什么考前托他关照一下的远房亲戚，怎么连复试资格也没有啊！章副局长是一脸无奈，说领导吩咐的事一直惦记在心，只是这次招考中出了一点小纰漏。不知哪个人居然把初试内容放到了网络上，结果领导的亲戚不仅视频中赫然在目，他和另外几人还是特写镜头，全县上下都认识这几位了。怕激起众怒，局里正在严查内鬼，很有可能是局里有人偷偷把视频贴上网络的。当然也不排除有电脑黑客侵入局里的内网，局里已经作了部署，一

享受阳光

查到底。相信过不了几天，一定会有好消息报告领导。

市局领导一阵哈哈，说："等你章局长的结果出来，恐怕招考早就结束了，豆腐早烤焦糊了吧！行，我在等你的好消息！不过，这内鬼一定要查出来，从领导查起，说不定就在章局长身边啊！"

"谢谢领导指点！我一定查个水落石出，早日向领导汇报。"章副局长一头冷汗，这内鬼还真是自己。自从招考协警刚开始，这位市局领导就来打招呼，无奈，章副局长请示了局长后，了解清楚那人的情况，设计了这么一个别出心裁的初试方法，然后授意放到网上，这样再招那位领导亲戚就要犯众怒的，领导再怎么，也不敢为这么点事公开来找下属的麻烦啊！

复试，录取，章副局长一直担心的市局领导居然没有打电话来。章副局长决定装一下糊涂，同时也准备好说辞，可以答应下次招考无论如何解决，反正到时候再说。无风无雨，章副局长说实话心里还是有点不安的。

几天后，局长来找他谈话了，开始以为是市局领导把那件事说到局长那里去了，结果大出意料。说市局下文拟调章副局长去市局任纪检室主任，还说是打电话给章副那位市局领导力荐的，正式文件已经下来，局里也是走个形式和他谈个话。

章副局长百思不得其解，局长说上次市局领导来求情开后门是市局对他的特殊考试，其实市局根本没有亲戚在县里，那个人也是按照报名名单随便点的。用市局领导的话说，这小子有一套，不伤感情，又灵活地坚持了原则，秉公办事，新形势下需要这样的干部。

楼上楼下

狗眼看人低，是我们生活中经常遇到的。可别忘了，皇帝也有草鞋亲，你可千万别只是看故事表面，老于头的身上别有深意啊！

老于头实在忍不下去了，他的邻居也忍不下去了。

老于头已经忍了三个多月了。他住在三楼，楼下二楼前些日子转卖了，接手的新房东，一对小夫妻很快就开始装修房子了。房子不大，五六十平方米，原以为弄上个把月或稍微超出点时间也就差不多了，谁知这一动作，动了三个多月还没画上句号。

买了房子总得装修，老于头心里是一百个理解。半个月，一个月，二个月，这会儿"咚咚"敲个半天，"砰砰"那里砸它几个时辰，一天下来，总有几次高潮，让楼上楼下寝食不安，肉跳心颤。这也是让老于头和邻居们纳闷的问题所在。人家装修总是事前周密计划，一上手就以最快的速度安排人手尽量早点完成。这对小夫妻显然是没有事前计划的，做做停停，一天做不了几个钟头。更让人不解的是，天不早就拉开扰邻的帷幕了，把一干正在晨梦里的楼上楼下吵醒，中午大家想补一下早上的觉，又一波喧嚣开始了。一句话，这对小夫妻不按常理出牌。粗看，似乎是这对小夫妻都是趁自己大清早上班前监督工人做一场，在自己中午休息时又来督促工人干一场。

享受阳光

　　楼上楼下实在经不住这种马拉松式的装修折磨，一个个不约而同地先后来到老于头家里，希望整幢楼里最德高望重又正好坐在装修烦扰火山口上的他，能够和楼下的小夫妻沟通一下。希望小夫妻能加快装修进度，最重要的是别在大家休息时"战鼓重播"。

　　装修在二楼，老于头住在三楼，首当其冲自然是老于头。老于头一直没有这样想，他总是为别人考虑，人这一辈子买几次房啊！买下房子后更不会三番五次地装修，难得这样装修，大家一定要理解，要宽容。每次楼上楼下的邻居来说这事，老于头反而劝说上门的左邻右舍，好像装修的是他老于头，弄得别人说不出口来。

　　三个多月的惊扰，日夜休息不好的老于头，本来不佳的身体到了难以承受的地步。再看楼下，看阵势依然是一时三刻不会罢休的样子，老于头决定豁出老脸去说两句。

　　吃完中饭，又是楼下一天之内如火如荼几次"高潮"中的一次，小夫妻都在。老于头就晃着颤巍巍的身子，来到楼下，和气地和楼下那个主人打了招呼后，就向他们婉转表达了楼上楼下大家的意思。不料话没说完，刚才打招呼时本来就淡漠的脸色，霎时下了霜结了冰。男的一脸不屑："我的房子想怎么样就怎么样？想装修到什么时候就什么时候，谁也管不着。"女的更是撇嘴大骂："你以为你是谁啊！太平洋警察啊！管那么宽。"

　　老于头想不到自己一辈子受人尊重，怎么也想不到会碰上这么不讲理的人。顿时为之气结，只会哆嗦着："你，你们——"

　　未等老于头说出后半句，那男的扬起拳头，冲老于头大声骂道：

"知道我是谁吗？想吃拳头是不是？"那女的更是一步跨到老于头面前，把个葱管般手指戳到老于头鼻子前，"你…你什么啊！告诉你，轮不着你来管我们的事，多管管自己还有几天好活才是正经事。"

"你——你们……"老于头被气得一口气接不过来，一下子瘫倒在地。幸亏闻声而来的邻居扶了起来，又打了110。那男的居然在旁边说，打吧打吧，看警察来了谁管谁。

一会儿，110接警车很快来到现场。两个警察上楼走到二楼，看到那男的，原来是同事。就问他三楼出什么事了？男的还恶人先告状，简要把自己装修被老于头干预的事说了。闻讯赶来的邻居本来想向警察说明情况的，谁知没等邻居们开口，那两个警察居然对那男的说，"王科，你这次恐怕有点过分了！"

男的很奇怪，这两警察平时可不是这样的，同一个单位的怎么会胳膊往外拐呢！正想问询，楼下传来熟悉的洪亮的声音，"你俩磨蹭个啥啊！到底发生什么事了？我老师怎么样啦？"

天啊！来的居然是局里最火爆脾气的张副局长,那男的傻住了。

原来老于头是一个退休老师，是张副局长的老师。老于头年轻时，一心扑在教育和学生身上，每月的工资也都花在学生身上，最后连老婆也没娶上。在我县最边远那个乡中学里教了几十年书，退休了连个住房也没有，本来在老家山里租房住的，是现任李县长联络张副局长等在县城的几十个学生，凑钱给老师在这里买了房子。平时也是在县城的几十个学生轮流照顾老师的，连李县长一年之内也会抽出几天时间来这里陪伴这位对自己学生视同己出的恩师。张副局长自己多次说没有老师的资助，自己说不定就在老家种田呢！因此，他对110出警处用了一点私权，只要是这幢楼三楼的报警电话，就第一时间联系他，他和同学们必须有人第一时间赶到老师家里。

那男的听完同事的简单介绍，全身汗如雨下！平时进出就这么孤老头一人，想不到是背景这么大的人，这下我可怎么办啊？回头看张副局长，见他已经三步并作两步早赶上三楼去了。他顾不得叫上老婆，连跑带跨地奔向三楼，他的老婆也知道这回闯下大祸了，紧紧跟随丈夫跑向三楼。

那男的眼睛只管往三楼瞅，忘记地上有自家的建筑垃圾，脚下一拌，"啪"的一声，结结实实地摔倒在地。随之，他的老婆也跟着摔倒在他的身上，夫妻俩叠罗汉一样摔在楼道里，耳里响起一阵响亮的笑声，那是看热闹的楼上楼下那些左邻右舍发出来的。两人尴尬极了，趴在地上真不知是该起身还是装作摔伤爬不起来了。

从楼上背了老于头返身下楼的张副局长看到地上一对宝贝，忍不住驻步，"看我到局里怎么收拾你们！"

背上已经醒来的老于头却止住他，"张雷你还是这么火爆脾气，年轻人总免不了犯错的。放我下来，我这老毛病没事的。去扶他们起来，看看有没有摔伤。"

能人黄金大

经商的关键是抓住商机，商机就是机遇，黄金大就是这样一位敢冒险，善于抓住机遇取得成功的现代商人。

黄金大是我的同学，也是我们同学中的"战斗机"，能人一枚。

想当年我们大多数同学高考时，双眼圆睁，盯在师范类的学校，师范类的大学不但学费免交，毕业后会安排到学校当老师。当了老师有周末，还有寒暑假可以帮助父母亲做点田畈活，这对我们这些从山里角落走出来的农家子弟来说，蛮有诱惑力的。

同学中只有黄金大声明要考银行学校，理由是改革开放了，一切以经济挂帅，以后银行的人肯定吃香喝辣，没有比这更好的工作了。无非就是交几年学费吗？就是让家里人砸锅卖铁去读银行学校也是值得的。

后来我们好几个同学一起去读了师范，黄金大一人上了外省的一个金融专科学校。几年后，各奔东西，我们读师范的几乎全部分到全县乡下的中小学，那时乡下还很少有银行，黄金大就很轻松地进了县城的银行。用我们当时同学间戏谑的话，我们当老师的全是哪里来的回到哪里去，只有黄金大一人从山里跳出，一步到位，成了真正的城里人。

享受阳光

此后，同学间纷纷忙于各自的工作，忙着恋爱、结婚，忙着生养孩子，有关系的还忙着调动工作，有的直接调进城里的学校，有的进不了城先调到城郊，曲线救国，一有机会，等着立马成为城里人。

我在乡下教了几年书后，因为没有扔下大学里爱好的文字，省市报刊经常发点"豆腐干"之类的文字，一个偶然的机会，我跳到了市里的晨报社，开始了爬格子的生涯。

开头几年，从陆续进城的同学中，知道同学中混得最好的依旧是黄金大，正如他原先预测的那样，这个社会，无论那个领域，都掉进了金钱至上的怪圈。这样一来，身在金融系统的黄金大自然很快成为同学之中率先富裕起来的少数人之一。同学之中第一个在县城里买房，第一个买车，第一个用上砖头一样的"大哥大"……很长一段时间里，黄金大是其他同学羡慕的对象，也是同学间小聚时必宰的"大肥猪"。吃饭啊！唱歌啊！都找黄金大买单。黄金大在这方面同学之中口碑很好，有求必应。不过，知情者都知道，他在单位已经坐上了不用自己掏腰包可以直接签单的位置了。我偶尔回家去看望父母，经过县城时，有好几次被同学们截下，喝酒唱歌，乐和乐和后再返回单位，印象中几次都是黄金大同学买的单。

正当同学间期待着黄金大同学更上层楼时，黄金大给同学们爆出了一个冷门，他辞职了。金融系统一直都是披金带玉的好饭碗，是许多同学羡慕加嫉妒的好职业，莫非这黄金大吃错药了？

辗转得知，这个黄金大前几年从企业贷款难看到了商机，他用自己积累了十几年的资源，从一些老客户那里高于银行利息借进，以稍高于银行利息借给急需用钱又贷不到款的企业救急，一来一去，双方各得其所，黄金大从中赚取差息。这种事违规不违法，说到底是钻了金融政策的空子。黄金大不想在银行内部做，让自己和领导为难，干脆辞职出来开了个公司，专事这门生意。小县城里金融机构少不说，条件苛刻，企业发展想贷款的人多，很快让黄金大赚了个钵满盘溢。同城的昔日同窗，还在踌躇着买辆奇瑞或QQ代步时，黄金大已经开着大奔出没在县城的大街小巷了。

似乎一夜之间，县城的大街小巷到处贴满刷满民间借贷的广告，许多跟风的人都看上了这份来钱快的行当。茶余饭后，县城的人，不得不嗟叹这黄金大是不是长着一副超级大脑，要不，他怎会快人一步，喝到头口水。这时，居然找不到黄金大了，他结束了手头正红红火火的生意，在县城消失了。

黄金大再次进入县城人视线的时候，已经是一家保健器械企业的老总。从他身边的人嘴里传出，黄金大说这种民间借贷偶尔为之，可以应急救火，如果作为一个产业，迟早要出事，因此他用先人一步掘得的金做起了实业。

果然，民间借贷行业因为相互恶性竞争，加上有些企业通过民间借贷融资容易，盲目扩张经营，终至资金链断裂，导致恶行循环，连累了许多企业成多米诺骨牌一样倒下，再也起不来了。

岁末年初，有同学发起组织同学会，我从市里赶去，不料怎么也找不到黄金大，电话也打不通了。莫非他又躲起来要出新招。同学会上终于得悉，这回黄金大同学是真栽了。他在做实业时，想早

105

点做大做强，再一次剑走偏锋，打算先冒用知名品牌积累第一桶金，然后再做自己的品牌。这样的例子，县城及周边成功的企业不少。谁知黄金大这次没有好运气，被他冒牌的名企一纸诉状告上了。由于金额巨大，现在的黄金大，已经判刑好几个月了。同学们都说这次实在是黄金大同学的运气不好，如果不是碰到较真的，黄金大依然是同学中的黄金老大。

署　名

现实生活我们不乏看到这样反常的事实，干死干活的人什么奖赏也没有，坐享其成的却名利双收，幸好我们在故事最后看到了一丝希望。

"不就署个名字吗？我是分管市长，我已经在书记、市长面前表态，这事是我亲自挂帅一抓到底的，没有我的名字领导会怎么想？你是局长，下面的人怎么敢不听你的吗？"分管市长何丕毫不客气地对农林局长杨武说。

杨武心里想，人家默默研究了十几年，好不容易要出成果了，原本想着自己在后面挂个名，也可以沾沾光。这下倒好，连市里分管领导也来摘果子了。口气之硬，竟然连商量的余地也没有。

听杨武口气迟迟疑疑，何丕以为杨武怕工作不好做，直接面授机宜了。"你难道还怕他不成，他的晋职、加工资等，哪样逃得过你的手心。说穿了，他是孙猴子，你才是如来佛。"

"何市长你放心。我一定办好。"话说到这个份上，哪怕自己的名字署不上，也得把何副市长的大名署上啊！再说，这位何副市长在安城是最惯于摘现成果子的，据说他任职过的教育局、文体局，只要被他知道，哪怕下边一个老师的论文、一位业余作者的文学作品，他都要想方设法挂上自己的大名。靠着这样，他成为一位著作等身、硕果累累的专家学者型干部，屡升不降。几年时间，从一名基层干部跃升为了分管农林、水务等的副市长。

也是杨武的运气好，最多可以署上三个人的名字。杨武就把何副市长的名字署第一位，自己第二位，发明者石大敢只好屈居第三。何副市长看了后很满意，夸杨武会做事，并说只要这件事成功，自己不会让杨武吃亏的。何副市长让杨武赶紧把资料送到市科技局，已经和局长胡得清联系好了。由科技局直接申报，这件事就是万无一失了。

很快得悉，安城市报上去的这个项目获得全省新科技一等奖，届时还将邀请参与研究的科研人员上台领奖。杨武马上打电话向何副市长报喜，何副市长也很高兴，顺便又夸奖了杨武几句。

杨武很快收到了大红烫金的邀请函，意外的是，石大敢没有收到颁奖邀请函。杨武感到奇怪，觉得问题应该出在科技局。致电一问，原来科技局长胡得清看到这个项目连何副市长、杨武都有名字，自己身为科技局长更不能置事局外，就把自己的名字加了上去，放在石大敢的前面。

享受阳光

　　杨武觉得有点对不起石大敢，就把自己的担心告诉了何副市长，结果反被何副市长说了几句。认为杨武这是小题大做，不能总是局限于自己一个局，要从大局出发，这种事由领导担纲，说明我们安城市从上到下对这个项目的重视程度。杨武一时也想不出办法来应对石大敢这边，只好向石大敢承诺，会如实向举办方说明情况，给石大敢一个交代。事实上杨武也只是应付石大敢，真去反映就是得罪顶头上司何副市长，还有同僚胡得清，再借他一个胆子，杨武也不敢拿自己的仕途开玩笑啊！

　　颁奖大会如期在省府大会堂隆重举行，省委主要领导到会。当会议主持人充满激情的声音在会堂内外响起，"下面我们有请一等奖获得者上台领奖，有请省领导和组委会主任给获奖者颁奖。"

　　何丕、杨武、胡得清三人满面笑容地从各自座位上站了起来，向四周挥挥双手，然后踌躇满志地鱼贯走向主席台。三人在台上面向台下排成一行，期待省领导前来颁奖。

　　主席台上的省领导没有起身来颁奖，而是拿过话筒，对着台下说，"一等奖是来之不易的，但也要名至实归。所以我们临时决定，想请获奖者对他们申报项目中的一个小环节，进行现场演示一下，也算作为此次颁奖仪式的助兴活动。"

　　省领导的话音刚落，台上三人顿时变了脸色，除了杨武，另两人连资料都没看过一遍。如果石大敢在场，又哪里会有这种窘境？何丕忍不住低声骂了胡得清，"看我回去怎么对付你。"

　　"我也知道你们三人根本演示不来，因为你们是冒领者。顺便说一声，这个项目省里挂钩的就是本人，整个项目从开始到出成果，我是一清二楚。"省领导的话再一次在会堂里高声响起来，"接下去，让我们以最热烈的掌声，请真正的一等奖获得者石大敢先生上台！"如雷的掌声顿时响起来。

台的另一角，石大敢迈着矫健的步子英姿勃发地走上颁奖台。另一边的何丕、杨武站也不是，走也不是，恨不得有个洞马上钻下去。正巧胡得清被何丕的话吓得瘫软在地，何、杨慌忙抬着他借机留下台去。

寻找生活

看似一个荒诞的故事，其实活生生折射了我们现实生活中升斗小民遇到欲哭无泪的窘状。

一觉醒来，我居然发现我的生活丢了。

我竭尽全力大声呼救，却没有一个人相信我。甚至有人骂我有病，你好好地活着，这活着不就是生活吗？真是没事找抽。

倒是几个朋友，听说我的遭遇后，深表同情，纷纷赶来我家，一个个拍着胸膛对我和我的家人说，"放心。这点小事包在我们身上。"

素有一城首富之称的张三带着我来到安城最高档的"五星大酒店"，吩咐最昂贵的总统包房开一桌，天上飞的，地上跑的，水里游的，可谓应有尽有，并一再劝我大快朵颐，再不够自己尽管点，包我满意。

享受阳光

我坐在这一大桌山珍海味面前，稍微动一动筷子，根本找不到一点食欲。这那里是我的生活，我无奈站起身，弄得朋友张三不知所措，百思不解，这可是多少人梦寐以求的生活啊！

中学同窗、如今的某局一把手李四听说了张三的事，就说这事交给我吧！李四带着我来到安城最大的休闲会所，把我交给一位年轻美貌的女子，交代她一切随我所喜，把会所里全部服务项目都让我享受一番，一切费用由他来买单。临走还对我说，"兄弟你就只管享受吧！我就不信，这个全城服务项目最齐全、服务质量最星级的会所，还不能改变你的想法。"可是，连我自己也居然不太认识我自己了，什么水疗、光疗、电疗，什么泰式、日式、韩式，南方美女、北国佳丽，更有俄罗斯少女、越南泰国清纯女，我都一概提不起兴致，最终害得那位安排我享受的美女一个劲地对我说对不起，还在电话里对我的朋友李四告饶说没有完成重托，愿意认罚认挨，随李四处理。

剩下的几个和我一样平头百姓的朋友，轮番上阵，大到搭乘飞船去火星要多少时间多少费用的最时新话题，小到我们小时候站在河边一起撒尿比谁尿得远的陈年往事，反正一句话，连几十年前的陈芝麻烂谷子全兜了个底翻了个边，目的就是一个，找出我得病的真正原因。我是百般解释万般澄清我没有病，可没有一个人相信我，最后，他们说也帮不了，唯一的办法就是请个心理医生试试看吧！

谁料心理医生上门，没说上几句话，反而被我问了个哑口无言，也只好灰溜溜地告别走了。

我得了怪病的消息，很快无腿走千里，短短几天，居然连我乡下的老父母也知道了。两老平时省吃俭用，供我上完大学留在安城工作，前几年我在安城买房子，他们拿出自己留着养老积蓄了好多年的压箱底钱，为我筹了好几万块，总算帮我顺利交完了首付款。可现下，一听我得了病，平时不太乐意麻烦人的父母，连夜请村里人开车送他们进城来看我。

白发苍苍的父母亲连走路都已经颤颤巍巍，面对他们的问询，我也说不出个所以然来，害得父母亲和家人在旁干着急。无奈之下，父母亲做出一个决定，带我回乡下去。老家那里山清水秀，如与世隔绝的人间桃源，或许对我的恢复会有好处。再说其他家里人上班的上班，上学的上学，也实在没有闲杂人来照顾我，万般无奈之下，只好同意由父母亲暂时带我回乡下老家去住几天。

为防万一，家里人怕我在路上的大巴车上出现状况，特意雇请一位朋友开车送我回乡下。说实话，他们所有人的担心都是多余的，我本来就没有什么病，我只是突然发现我丢掉了我的生活，其他却一切照旧，还是和我以前一模一样，自然我也和以前回家一样，根本不会出现他们担心的样子。

车子缓缓告别我的家里人，车窗外的一切景物，随着车速的加快，倒退的速度也是越来越快。很快车子穿过了半个安城，来到了正在拆迁的城南老城区，几台铲车正在挥舞着巨大的钢铁手臂，那些平时看上去坚硬无比的钢筋混凝土结构建筑，在它轻而易举地来回伸缩拉扯之中，正如摧枯拉朽一样，在尘土飞扬中纷纷成为废墟。

看到这一幕，我的内心深处被猛力撞了一下，连忙大声叫朋友停车，朋友不知所措，慌忙靠边停下，我们一起下车。我激动得语不成声地对朋友和父母说，"我的生活就是被这个铲车弄丢的。那天晚上我正在梦中，敲门来了许多我不认识的人，把我架出了门，随后就是这个铁家伙，几下就把我的房子推成了废墟……"

说着说着，我语无伦次，再也无法说下去了，终至泣不成声瘫倒在地。

谁非礼了谁

一个让人啼笑皆非的故事，当一些人不顾廉耻出现在你我的面前，你我有时真的会击打得晕头转向，分不清是非。

"大哥，大哥，请您留步。"

埋头赶路的黄涧，听到身后传来一声殷切带点哀怨的声音，有些惊讶地抬头望去，见离自己一米开外的地方，站着两位妙龄女子，正一脸希冀地看着自己。黄涧一看，不认识啊！环顾左右，再没有第四人。

"是叫我吗？"黄涧望着两位走近的女子，想确认一下。

"大哥，无论如何请你帮我们一下忙。"其中个子高挑一些的女子对着黄涧恳切地说。黄涧看清楚这两个女子都在二十岁左右，面容姣好，身材匀称，个子一高一矮是唯一的区别。两人脸上一副悲戚戚的样子，让人油然生起一种怜惜。

黄涧平时最看不惯那种悲苦、令人痛惜的事，见到女子这样，忙问："什么忙？说出来听听，看我能不能帮得上忙。"

高个子女子顿现喜色，"大哥是这样的，我们原先在邻县上班的，有个老乡说这边工资高，就过来了。结果老乡联系不上，钱也被偷了，现在连回去的路费都没有了。大哥，能不能帮点路费，我们回去后马上给你寄上。"黄涧扫了一眼矮个子女子，那女子也在边上连连点头，"真的，真的，我们回去就还你的钱。"

都是在外打工的人，同是天涯沦落人，黄涧觉得这个忙要帮，就伸手到兜里掏钱。一想，莫非自己遇上平常人们说的那种职业讨钱人，故意说遇上难处，赚路人同情就给钱。手一停那女子仿佛看透了黄涧的心思，说"大哥，你看我们都是没嫁人的黄花闺女，真没难处，谁会这样豁出脸皮啊！"黄涧一想也对啊！就从兜里掏出三十元钱准备递给女子，他知道去邻县的车费只要十四元。女子不接钱，却说，"大哥，我俩连中饭也没吃，你好人做到底，再给我们一碗面钱好吗？"黄涧只好再摸出二十元钱一起给她们，两个女子感激得就差跪在地上向黄涧致谢。帮人就是帮己，谁也不能见危不救，这是老家的古训。黄涧摆摆手离开，心里还是挺高兴的。

次日，黄涧路过城南，早听说城南水果市场是批发价，就拐进去想看看买点便宜的水果。走到第二个摊子，正好看见两个女子也在买水果，矮个子的提了一大袋，另一个个子稍高的正在挑火龙果，这种水果的名字黄涧还是电视里看来的，据说远从泰国来的，黄涧至今都不敢询价。心想还是城里人有钱，边上装火龙果的袋子已经好几斤了，还在一个个往袋里放。

黄涧站到水果摊前，呆了！"这不是昨天向他讨钱的两个女子吗？"黄涧再一次探头细看两个女子，没错啊！

那两个女子看黄涧怪异的行为，也忍不住抬头来看黄涧，一对眼，高个子扔下火龙果，一把扯起矮个子女子的手，飞快地离开。看来自己真的被骗了，黄涧顿时怒火冲天地赶上去。没走几步追上了那两个女子，黄涧一把抓住一个女子的手，"站住，你们给我说清楚……"不料那女子大声叫起来，"非礼啊！抓流氓啊！"

黄涧一听连忙松手，转而一想，自己身正不怕影子斜，欲继续追上去，不料市场里不明真相的人听到了叫喊，居然有人操家伙向黄涧围了上来。天啊！这下跳进黄河也洗不清啊！黄涧只好落荒而逃。

一连几天，黄涧心里非常难过，自己的善心怎么会变成这样，只好整天耷拉着头干活。有时恨不得马上找到这两个妖女，狠揍一顿，才解心头之恨。城市这么大，去找个人，就像走失的牛羊，满山满畈都是茂密竹木，大海捞针一样啊！黄涧最后给自己下了个台阶：上街掉钱了。

黄涧这天骑着工地上的自行车去城西办点事。天热，黄涧特地戴了一副遮住半张面孔的墨镜，戴顶大草帽就飞奔而去。办完事回来，黄涧就放慢车速，慢慢骑着，顺便也算欣赏两旁的街景。在一段人流不多的街面，黄涧居然意外地发现两个熟悉的身影，在街边走走停停。黄涧上前一看，顿时火从心头起，怒向胆边生，恨不得用车子一头撞向她们。转而一想，我这模样，他们不一定认得出，再看看他们这回出什么鬼主意。

黄涧故意慢悠悠地骑着，到了那两个女子身边，装作欣赏美色一样，在她们脸上盯了一会，果然，那个高个子的女子一脸哭相，觍着脸叫黄涧："大哥，大哥帮帮忙。"黄涧用一只脚点住地，故意压着声音："什么事？我又不认识你们。"

"大哥，我们姐妹来这里走亲戚，亲戚搬家了，我们的钱又花光了，现在连回家的路费都没有了。大哥看我们可怜，帮个五元十元好吗？"那女子语带哭泣的哀哀出声，令人动容，黄涧如果没有前车之鉴，肯定又会大发同情心了。

黄涧用脚尖点住地，慢慢摘下墨镜，"钱是没有。非礼你们我倒是乐意帮忙的。"俩女子一看是黄涧，顿时魂飞魄散，撒腿就跑。黄涧看着他们落荒而逃的狼狈样，心里真是感慨不已！

许武之死

这是一个中国式"套中人"的故事，你看完后一定会笑不出来。

得悉老同学许武意外死去的消息，我是怎么也不相信的。

用套子里的人来形容许武不合适，用木头人倒是颇为恰当，这是几个同学闲聊时给许武下的结论。

享受阳光

木头人的死板到何种程度，给你举个例子吧！

许武一次从报纸上看到烧饭淘米最好淘三次，这样可以把米中的杂物和谷糠等影响米质营养的淘掉，自此，许武每顿饭前必淘三次，多一次怕淘掉营养，少一次又怕淘不尽杂物什么的，这样雷打不动坚持数年不变。

数年后一天，他又从一本杂志上看到，以前米淘三次是错误的结论，最新科学依据，淘米只淘一次是最佳选择，这样刚好把米中的浮物等杂质淘掉，淘三次已经影响了米的营养价值。从此，许武淘米只淘一次。最新科学结论你不信都不行，这是许武的原话。

我们再来了解许武究竟是如何死的，为什么让人意外？

许武刚过知天命的年龄，按规定可以退二线，二线就是可以上班也可以不上班，工资奖金一分不少。自然还可以有一个一线给自己留着用，可以另找地方上班，当然也可以从此在家赋闲。许武选择了去一家企业上班，只求生活充实。

上班的地点离家不远，开车七、八分钟，骑自行车十几分钟，走路大约二十几分钟。许武的儿女有出息，大学毕业后留在沪杭大城市发展，据说混得不错。儿女见劝不动父亲再去上班发挥余热，就用孝心给父亲买了一辆小车，免父亲雨淋太阳晒，起先许武非常高兴，天天开车上班，倒也悠闲自在。以前在单位里没混上一官半职，小车没有资格轮上，倒是儿女的孝心为他扳回了面子，用同学们的话说，许武迎来了第二春，不过声明在先，不是生理上的第二春，如此而已。

一年半载下来，养尊处优的生活使许武发现一个严重的问题，体重增加，肚腩变大。上医院一检查，医生告诉他要想多开几年车，多享几年福，只好现在少开车，最好每周安排时间锻炼，不然……许武知道医生的嘴口无遮拦，什么都说得出来，就打断医生的话，信誓旦旦保证合理安排好锻炼时间，几个月再来医生这里复检，保证会有良好表现。

许武在企业里一周上班六天，从此他严格按照三分法锻炼，两天开车，两天骑自行车，两天走路，雷打不动。实在碰上本周内少走一天路或少骑一天车，下周一定补回来，达到平衡。一段时间下来，不用上医院，自己都觉得精神倍儿好了，就更加乐此不疲。

为了更好表达清楚后来发生的事，这里要啰唆一下许武回家的路，许武从家里出发，顺马路北行，过两个红绿灯，再拐进右边一条小巷，就到上班地点了。

开车回家路线有所不同。这个城市为了减轻车辆日渐增多交通拥堵的压力，一般主车道中间都装了隔离带。许武回家从小巷出发，车子只好继续北行一段路后，绕过隔离带回到转向小巷口的南行道上，直行，过两个红绿灯，左拐就到家了。

骑自行车和开车一样走法，走路和开车不同，小巷口很人性化地留了一个豁口，刚好容一个人勉强通过。许武遇上走路回家的日子，出了小巷口，瞥一下过往车辆，快步穿过隔离带的缺口，走到对面人行道上，然后过两个红绿灯后，又重新左拐，过斑马线安然回到家。

已经一年半载了，许武就这样严格按照自己定下的三分法，丝毫没有厌倦，也感觉不出有什么不妥。

意外居然突发在走路这件事上。其实按方向来说，以许武来回的街路为界，许武的家和上班的企业都在街的北边。开车按右行是交通法的规定，没有错，走路其实不必如此拘礼。按许武一直以来的走法，完全是循交通法行事，出小巷走到路的南面，过两个红绿灯之后，再拐回马路的北边，然后回家。事实上许武出小巷后，左拐，按上班来的反方向直行，就不用穿过马路，可以直接到家了。这个许武一直没有发现，直到发生意外。

那天，许武按惯例是走路回家，刚好有个新同事和他一起下班。许武习惯地出小巷就蹿往对面，刚穿过隔离带，他的同事叫住他了，说：老许，你是真傻还是假傻？许武有些丈二和尚摸不着头脑。那同事比画着手脚对他说：你从这里走到对面，快到家了又从对面回到这边。你以为你开车啊！非得右行才对。

经他一吆喝，许武不由得低头思忖起来，右手也习惯地摸起了自己的后脑勺。脑子里刚浮出同事说得有道理的念头时，身子在潜意识中已经早一步转回来。

这时，刚才许武身后的那辆车明明看到许武已经过马路走到隔离带了，眼前无人，脚下一用劲，谁料到许武会突然转身回来，猛踩刹车，哪里还来得及，惨剧猝不及防地发生了，许武一下子被撞上了半空。

新　人

先进山门为大，新人来了，办公室从主任到一半科员，都先后有各种表现，如果是你呢？

办公室主任领来一位看上去五六十岁的陌生人，头发梳得很齐整，衣服不新，不过浆洗得挺括，脸上浮着浅浅的笑容，看上去显着几分儒雅。平时难得见一面的主任，向我们数人做了介绍，办公室的新人，姓余。然后指着我对面空了数月的办公桌，告诉新人，以后这就是他的办公桌。

来了新人，最高兴的就是我们这批平时干点活你推我让的懒虫。先入山门为大，主任一走，新人满脸笑容对大家说，新来乍到，以后请大家多多关照！资历最深的大胖就直接说了，"老余头，你以后一早来别忘记打扫卫生和烧开水啊！"我们大家一起附和，反正你新来也没有具体分管的事务，先管了这块可以让我们多出了时间上网找 MM 聊天。

看着新人老余乐呵呵地答应了大胖的建议，我有些于心不忍，毕竟人家从年龄上看可以做我们的父辈了。我就给他找个台阶下，老余你先熟悉一下情况吧！开水卫生这种小事，我们早上谁早来了先做起来，不会天天让你一个人干的。"谢谢谢谢"，看着老余满脸褶子笑得波浪起伏的，我没来由地想起了至今躬耕在老家的父亲。

新人老余没有食言，自此以后，办公室的开水和卫生真的被他一手包揽了。反正我们每天上班，办公室已经打扫得一尘不染，几把开水瓶已经灌得满满的。大伙儿占了便宜，只会嘴里讨巧，一迭声地"老余早！""老余辛苦！"，然后大家心安理得地坐到各自座位上，开始新一天工作或玩电脑。

眼看快满一个月了，也不见办公室主任来给新人老余分派具体工作内容。倒是老余在我们办公室里的威信一天比一天高起来，几件发生在办公室各位同事身上的事，让大家对新人老余刮目相看起来。

资历最深的大胖为了一个资料，几次递上去，几次打回，惹得他在办公室里驴子一样瞎转。新人老余说我帮你看看，说你这几天肯定没有关心国内大事，没有看新闻。你没发现你的提法还是原来的词汇吗？内容前后稍微调整一下，把大标题小科目都改为最近流行的词汇。大胖想想就死马当作活马医呗，还别说，立马通过了。这大胖回来就改称呼了，老余头变成余叔了！

我分管的那一块，有一天突然毫无征兆地来了一班检查的人。正弄得我措手不及时，老余说，不用慌，你先叫人领到接待室，再安排人到车间准备迎接检查的工作，然后，立马和分管领导联系，你和分管领导先去接待室做口头汇报，汇报得差不多了，车间里也准备得差不多了。结果，上级部门通报突然袭击式的检查，我们做得最好。想起新人老余一副泰山崩于前面不改色的神态，真心有点佩服他的临危不惧。

　　一月下来，办公室几位同事，或多或少在工作生活上都受到了新人老余的点拨。大家觉得再也不能让他这么大年纪为可以做子女辈的我们服务了，私下商量排了个值勤表，每天轮流着烧开水打扫卫生。再也没人一开口"老余""老余"，大家都从心里尊称他一声"余老师"。

　　总以为新人老余会和我们大家一直相安无事的，事情很快发生了变故。那天刚上班，我们几个月难得见上一面的总裁，带着几个人直接闯进了我们的办公室。门开处，总裁大步走到新人老余面前，连声道歉，"余老对不起了！那天我刚好出发去国外了，没有亲自安排您的办公室，让您受委屈了。"

　　边说边转身直呼办公室主任名字，"你怎么搞的？我不是在电话里和你说得很清楚，先安排一个办公室，职务我回来再说。你竟然把他安排在综合科，亏你想得出来。"

　　在我们面前一向趾高气扬的办公室主任，面对总裁的责骂，只会不停弯腰满脸通红地连声道歉解释。

享受阳光

　　总裁根本不理办公室主任，回过头对他身后的几位公司高层解释："知道你们面前的是谁吗？我们企业从事这个行业里的权威，我去请了几次才算请出山的。真是有眼不识金镶玉。"

　　次日一早，我们再也等不到新人老余来上班，据说他新的办公室安排在总裁隔壁，也就是原先办公室主任的"金屋"。

第三辑　情感

喜怒哀乐、忧思悲恐，都是情感的外在表现。反映在我们的日常生活中，爱情、友情、亲情则可以用一个个精短巧妙的故事来体现。"我的爱情""别人的丈夫"诠释的是情感，"烛光""簪子"同样是情感，不一样的情感，不一样的演绎，不一样的感受，去赴一场文字的情感之旅吧！

我的爱情故事

多位朋友说我出卖了自己的爱情，究竟是不是呢？看完这个故事后你再下结论。

妻子不是本地人，我俩相差 10 余岁。因为这，朋友们见面总喜欢拿我开涮，尤其是新朋友，轻则说我欺骗良家女子，重则说有拐骗幼女之嫌。我的一个朋友还总是喜欢用戏里"花脸"的腔调来"审问"我。

享受阳光

"哇呀呀！坦白从宽，你……你就招了吧！"

不过我和妻子确实有一个故事。

二十多年前，我跟人去闽北将乐、顺昌一带砍茅干。茅干就是像芦苇一样的植物，叶子如甘蔗叶，狭长如齿又锋利，相传鲁班发明锯子就是从茅干的叶得到启发的。闽北的土地肥沃，茅干长长的杆大多超过两米，叶子宽而厚，特别锋利，我老家浙中一带的茅干最多也不过一人高而已。我第一天上山戴了一双纱线手套，到傍晚用手抓茅干的左手，只有丝丝缕缕挂着的线头啦。

我每天的工作就是上山找一处茅干茂密的山谷山坞，然后砍柴一样从根部砍下茅干，再用刀锋把茅干上的叶子削光，剩下那根两米上下光秃秃的杆子是造纸厂的上好材料。当时一般由一个包工头找个村子出点钱把山上茅干租赁下来，我们打工的就是把砍下来的茅干成捆扎好，再送到包工头联系好的造纸厂，包工头从我们砍下来的茅干按斤抽一定的份子钱，这也是他的赚头。

由于工作的独立性，我们上山后一般就会占一个山头或山坞，其他伙伴也是这样，免得砍下来的茅干相互混淆不清。这样一来，一个人整天在山里干活，除了早上偶尔会看到溜达的野猪，再就是难以计数的各种鸟儿相伴了。山间田里地头，也会有当地村民干活，基本都不喜欢和我们搭话。我那时是第一次出远门，想家想亲人的滋味，至今想起来还是酸涩难受。

于是一个人砍茅干的时候，我就唱歌唱戏来排遣寂寞和空虚，戏是越剧，我老家浙中特有的传统戏剧。一边干活，一边有词无词的哼唱着，自得其乐。有一天，一个清脆的声音突然响在我身边，当时确实是吓了一跳。直起腰抬起头，一看，一个青春亮丽的当地女孩站在我不远处，她满脸好奇地问我，"这位大哥，你唱的什么啊？这么婉转悦耳、优美动听。"

我细一看，这女孩子长得挺耐看的，个子中等，五官清秀，一头黑发扎成一把挂在脑后，唯一的就是皮肤黑了些，不过，农村女孩谁不是这样啊！一个人出远门几个月了，平时不要说和女孩说话，整天窝在大山里，连见到女孩都是个稀罕事。说实话，我当时是很想坐下来和她多聊会的。于是我就把老家越剧的发源和流派特点，尽我知道的都一股脑的卖弄给眼前的女孩。女孩听得很入神，我还在她面前学唱了《红楼梦》里徐玉兰高亢热情、王文娟婉转低廻的唱腔给她听。

闽北的雨特别缠绵，记得那时是春天，三天里总有两天下雨，出门为了挣钱，小雨我们也不歇，只有大雨才会窝在房东的屋里歇力。自从那次见面后，那个叫乐萍的女孩，下雨天有时候就来我们住的地方找我，我和我的伙伴就用优美的越剧招待她。渐渐地，她对我的称呼也从"徐大哥"变成了"徐哥"，叫得我们的伙伴都说去掉"徐"字，比亲妹妹还亲热。

一天，我刚从山上回到住处，发现许多村里人还有两个穿民警衣服的人在等我，说是乐萍不见了。她的家人找了一天也找不到，说是头天晚上她说要跟着砍茅干的浙江人徐哥去浙江学越剧，被她父母家人骂了一顿，天亮后就不见人影了。家人找不到她，只好到

享受阳光

派出所里报警，说肯定被浙江来的砍茅干人拐骗了。我当时真是哭笑不得，自己一整天在山上砍茅干已经累得半死不活，回到住处居然还有这样的奇事在等着我。不过话说回来，这段时间下来，乐萍真是个好姑娘，连我的伙伴们也说，这么好的姑娘娶回去做老婆真是福气。所以我很主动地配合他们，说清了我和乐萍交往的事，至于去浙江学越剧什么的，我是真的一概不知。他们显然对我们住处早已搜寻过，见我问不出什么，只好纷纷离去。那晚，我吃完饭后，很久没有睡觉，心里脑里想的都是乐萍！唉，这个傻丫头到底去了哪里呢！

几天后，乐萍又鲜活水灵地出现在我的面前，我喜得一把抓住她的双肩，问她究竟去了那里，让家里人这么着急。她调皮地一笑，"就你不着急吧！"我说，"我怎么不着急啊！我都差点被你家人当作拐骗犯被派出所里抓去啊！"

乐萍笑着告诉我，头天晚上被家人骂了后，她一早跑到同学家去了。她就是要让家里人着急，谁让他们不理解她，胡乱骂她的。不过这次是真的来和徐哥商量的，想要徐哥带她去浙江学唱越剧。

我一听，还是这事，知道这件事她父母这一关是万万没法通过的。就半真半假地对她说：

"乐萍啊！我这样带你去名不正言不顺啊！除非……"我觉得有些说不出口，就顿了顿。

"除非什么？"她一脸认真地对着我说。

心一横，我豁出去了，"除非你嫁给我，做我的老婆我就带你去浙江。"

就在我等着挨骂的时刻，不料她居然高兴地大叫起来，"哥，我就等你这句话啊！"

顿时。轮到我傻瓜一样呆住了。

轮椅上的丈夫

除了爱情，夫妻间应该还有责任、亲情等等，除了一帆风顺的爱情、亲情，是不是还有其他的呢？

这两年在县城的住所，离母亲河浦阳江近了，就养成了每天晚饭后去江边走走的习惯，算是健身，也算是自我放松吧。

从去年下半年开始，每晚经过的南桥上，比平时多了一景，就是多了一辆轮椅车，轮椅上坐着一个中年男子，每晚推着他来桥上转悠的是个和他年龄相仿的妇女，两人都在五十岁上下的年纪。

其实在他之前，也有隔三隔五的轮椅车出现在桥上，不过有区别的是，椅上坐着的大多是七老八十的古稀或耄耋老人，或中风导致瘫痪，或实在是不胜高龄借以代步的人。这样的人来桥上很多都是来告别一下这个繁华世界的，不管情愿不情愿，反正先后都会没有机会来这个桥上看风景了。

这对看上去显然是夫妻关系的中年男女，有一个很奇怪的现象，女的看上去脾气显然不太温顺，对轮椅上的男子从来没有一副好腔调，不是恶声恶气训斥，就是冷言冷语讥讽，倒是轮椅上的男子自始至终一副言笑晏晏的和气样，赔着小心说话。这一副奇特情状总不免惹得经过他们身旁的行人，一个个露出一副同情男子欲抱不平的样子，最后多是带着不解离去。毕竟是面对陌生人，彼此也是成年人，事不关己高高挂起还是不错的选择。南江夕照是这个有近二千年历史的浙中小县城的古十景之一，有人开玩笑说，这辆轮椅车的夫妻俩是新添的一景。我也不认识这对夫妻，起先也是感觉很奇怪，始终也不敢上前去莽撞行事。一家不知一家事，每一家都是如人饮水，冷暖自知，还真不好随便去评判别人家事的。

很快我就知道这对夫妻的故事了。这对夫妻年轻时堪称恩恩爱爱，又共同创业，在家业有成时，体贴的丈夫就让妻子别太劳累了，在家做专职太太，带带孩子，偶尔也可以协助钟点工搞点家务。起先风平浪静，唯一不同的是丈夫的事业越来越顺风顺水，水涨船高，钱也越赚越多。

这丈夫的事业之船越造越大，走的江湖也越来越开阔辽远，见过的风浪也越来越多。渐渐地，有些不满意小县城这条几十米宽的小江河了，他在省城偷偷设立了崭新的停靠码头，听说多个城市还有临时栖居的小渡口。时间久了。老家县城这处启航的小码头，丈夫也渐渐生疏和荒芜了。不过，唯一还算有点良知的是，丈夫还会定时给妻子的银行卡里打进一大笔钱，供妻子培养儿女和贴补家用。

这一晃时间过了十几年，儿女都长大成人，各自有了自己的工作和家庭，如鸟儿一样先后都飞出了这个缺少父爱只有母爱的家。除了假日儿女偶尔来看看她，妻子不知不觉的成了县城江边家里独处的一尊佛，水波不兴，静如古井。

如果说丈夫是倦鸟思归倒也罢了，这个浪子在外风流潇洒十几年后，被女人骗尽家产不算，居然还被人敲断了双脚抬回了家。妻子对丈夫已经从十几年前的盼望到失望，再到绝望，十几年后的今天，早已爱恨不再视同路人了。只是经不起一双儿女的苦苦哀求，就答应给这个名义上的丈夫尽点道义责任，权且把他当作一个病人照顾一下吧！于是，南桥上所有人看到的就成了怪异的一幕，女的出语粗暴，男的其实是良心有愧，只好极力从笑容言语上来赎罪，希望求得妻子的宽恕和原谅。

知道这对夫妻的事后，很多人都对妻子发出了由衷的赞叹，反倒对丈夫当面谴责，说活该的有，说报应的有。不过，很有趣的是，有人当着自己的面骂丈夫，妻子总是护着丈夫，说他身体已经这样了，上天已经惩罚了，大家就不要骂他了，众人更加感叹妻子的大度和善良。

前不久，一件意想不到的事情，彻底颠覆了这对轮椅夫妻。那个傍晚，妻子和往常一样，推着丈夫来到桥的中间，丈夫面朝江水看着夜景，妻子则站在边上和一起纳凉赏景的熟人聊着闲天，家长里短。两岸的灯光映在水面，水波粼粼中，闪烁出万顷碎金一样的光彩，煞是好看。他们身旁的人流来来往往，一切都是平常景致，看不出异样。

享受阳光

突然，一声惊呼在他们耳旁响起，"有人跳江了！"随之，就在他们夫妻驻步的桥下，传来一声巨物落水的重响，原来就在距离他们几米外，有个人跳进了江里。妻子一边紧张地一手抓住轮椅的扶手，一手扶着桥栏探出身子，寻找跳江的人，嘴里还和其他人一样高喊"救人"。事实上，身旁出来散步纳凉的大多是老人妇孺，真正可以入水救人的几乎没有。

妻子忽然觉得轮椅剧烈震荡了一下，随之手上一松，却见丈夫已经探身跃出桥栏，跳下桥去救人了。"天啊！"妻子觉得天要塌了，这男人自己下半截腿脚都残废了，这一跳下去，救不了人不算，说不定还得搭上别人救他啊……妻子不敢想下去了，吓得身子一软，瘫倒在桥上。

事情的结果真是出乎妻子的意料，丈夫不仅救上了跳江的人，自己还双脚健全地站在了他的面前。怎么会这样？妻子被眼前的境况傻住了。还是匆匆赶来的儿女，帮助母亲揭开了这个谜团。

其实丈夫是浪子回头，又怕妻子不肯原谅自己，先费尽心思做通了一双儿女的工作，本来通过儿女再做妻子的工作。不料出了车祸，于是在被车碾过的双脚痊愈后，干脆先利用妻子的善良，假装腿脚断了先回家，想在适当时候得到妻子的宽宥后说出真相，江边救人的本能，现在想瞒也瞒不住了。妻子哭笑不得，觉得受骗上当了，坚决提出离婚，一双儿女想不到事情会这样，也傻了。

后来的结果，偶尔看到这对夫妇带着小孩经常出现在南桥，看来是含饴弄孙皆大欢喜了。

"幸福"牌老电扇

生活中的电扇常擦常亮、修修可以如新。感情、爱情是不是也需要经常擦擦尘保新、添添油润滑呢？

有时想想，人真是有些贱，忙得脚后跟打屁股拼命想着解决温饱，反倒稍微有点好吃的你推我让，整天心里想的是对方。现在进了城，生活安逸了，你看我不顺眼，我说你通达，三天两头弄个口舌仗。怎不，又是周末，妻子怄气回了娘家，岱山反倒落了个耳根清净，再说，男子四十一枝花，谁离了谁不能活啊！

岱山正琢磨去哪里逍遥两天，一个电话打了进来，很意外是老家的堂兄。莫非老父母有什么事？"岱山你个大孝子，自己整天躲在空调屋里，想过你的老爹老娘吗？这大热天连个电扇都没有，你好意思啊！"岱山才知父母平时用的电扇坏了。

不知哪路神仙惹恼了玉帝老儿，这玉帝把气全撒到了下界普罗大众，已经连续二十几天都是三十七度以上的高温天了，依然没有一点变天的迹象。岱山住在城里，幸亏家里、办公室全是空调，出门时私家车当然还是空调，不然还真不敢想象这日子怎么过。这样的天，真不敢想象年迈的老父母在电扇坏了后如何生活。

岱山挂了电话忙拨通老家的电话，父亲矢口否认电扇坏了，还说你还不知老家山里啊！每年夏天后半夜凉得要盖被褥，不信你回来看看。

岱山知道父母亲节俭，原先岱山曾说过装个空调，父母都不答应。说装了空调门窗都要关紧，山里人家除非得罪完了全村人，见过谁家关门捂窗的。再说山里本来就比城里凉快，花那冤枉钱干啥！

岱山决定回家去看父母，权当是周末活动了。回到家，发现父母平常用的落地电扇冷落在一边，还有一个布套勉强遮住扇身。一看布套上面有些褪色的幸福两字，再看桌子上发出很大声音的台式电扇，岱山明白了。

台式风扇跟着岱山一家有十几年了，当初妻子在舟山海岛一个叫东沙小镇的一家绣品厂打工，第一个月的工资买下了当地产的这台佛顶山电扇。为了防尘，冬天来临时，聪慧的妻子用缝纫机缝了一个布套，还在正面绣了幸福两个字。后来成了我的妻子，这台电扇就成了她的嫁妆，跟着我们进了城，记得当时岱山还调侃这佛顶山牌进了城变成幸福牌了。后来时日久了，按键也不太灵了，风扇转动时噪音特别大，用妻子的话说，一转动就像拖拉机，儿子则说直升机来了。

前两年买了新房装修时，家里安装一拖三的中央空调，岱山的意思是把这台电扇送给捡破烂的算了，妻子有些舍不得。装修那些日子刚好父亲在家帮忙，说电扇没坏，就交给他处理算了。

岱山看着布套上那两个有些扭曲的幸福两字，觉得像是妻子的两只眼睛，怪模怪样地在瞧着他，心里有些讪讪的。老父见岱山的视线盯住台扇，笑呵呵地说："没骗你吧！我和你妈用干布把它里里外外仔细擦了一遍，从你堂嫂那里倒了点缝纫机油，几个孔里一添，这不，转起来声音也不太刺耳了，和新的一样。"

岱山听了恍然大悟，心里不由得"咯嗒"一下。父亲的话蕴含哲理，其实有许多事和老电扇一样，譬如婚姻，譬如处世，只要经常"润滑"，不就什么事都没有啦！岱山嘴里还是责怪父母落地电扇坏了也不告诉自己，这么热的天谁受得了！不管父母阻拦，岱山下午去镇上给父母新买了一台遥控的落地式电扇。

次日吃过早饭，岱山说要回城，父母奇怪。不是说吃了中饭等下午凉快点再走的吗？岱山说想起临时有件急事要处理，提早半天回去算啦。

出了村不久，岱山把车调了个方向，向着岳父母家那个村子的方向疾驶而去。

别样的烛光

一对婚姻濒临解体的夫妻，一次阴差阳错的误会，大红烛光缝合了爱情的裂缝。

上不了几个菜，电灯突然灭了。

"服务员，拿蜡烛来，没法吃啊！"江浩大声叫起来，别的客人也一样纷纷要求拿蜡烛来。只有文芸坐在黑暗里一声不吭，任凭江浩在叫嚷。

"来了！"一声清脆的声音在包厢门口，随之，门开处，那个眉清目秀的后生一手端着一支红红的喜字大蜡烛，另一首曲着挡在火焰边，怕风大吹灭蜡烛。来到桌前，轻轻放下，说一声"对不起！停电了，我们也没办法。"说完，悄悄退出门去，顺手又带上了门。

"噼扑"作响的红蜡烛下，走进来一直没有正眼相互对视过的江浩文芸，居然不约而同地看向对方，只是视线一对，很快又转开了。江浩说，"文芸，来吃菜。"自己是男人，总得有点男人的气度啊！文芸不说话，偶尔夹一筷菜，慢慢地嚼着，场面有点沉闷。

今晚是两人的分手餐，虽然两人一起已经两三年了，也从没有大吵大闹过，偶尔拌拌嘴小摩擦还是少不了的。也说不清谁开的头，你来我往一吵起来就先后说分手，终于要在今晚付诸行动了。说实话，两个人内心都是有些舍不得这份感情的，只是碍于彼此的面子，谁也拉不下，这样的心绪，这样的场景，还能有轻松的气氛吗？

"笃笃"，传来轻轻的敲门声，随之门被推开，只见刚才来过的后生又端着一只红蜡烛走进来，和刚才的大小一模一样，他并排放在一起，说一声，"我老板说要给你们一对的。"

江浩更奇怪了，刚才他出去洗手间，发现别人的桌上、包厢里都是平时备着应急的白蜡烛，只有他们包厢里是喜气洋溢的大红蜡烛。回来刚和文芸说着这事呢！这不，店里的服务员又送来一支大红蜡烛，这是怎么回事？就在服务员返身要走时，江浩要他带个话，让老板来一下。

两支手臂粗细的红蜡烛，在小小的包厢里热烈地燃烧着，灯光下烛身上金色的喜字更是平添几分喜气。江浩不由得几次把心底涌上来的暖流，化作热烈的眼光，去寻找文芸的目光，虽然文芸的目光和他一触而过，江浩分明看到文芸的眼里也有和自己一样的暖意，气氛似乎也在发生丝丝的变化。

不大工夫，脑门稍有些微秃的老板敲门走了进来，开门见山地问道，"客人有事？"江浩就把自己心里的疑问倒出来。

"这个啊！我是奖赏你们两个。"老板笑着说，江浩和文芸不由自主地互相看了一眼，两人的脸上写满了疑惑。

老板接着说，"我这饭店开了快十年了，什么人没见过。这三年来，只有你们两人总是双双来，对对走，如今这样的社会里，能够像你们这样互相珍惜彼此尊重的，不多啦！"

"其实我们……"江浩想插进去解释自己今晚来的目的。

"其实你们也有矛盾是不？"老板不容江浩打断他的话头，"你说谁家夫妻没有矛盾，哪个人没有坎坎坷坷遇上事的时候。牙齿和舌头都在我们自己的嘴里，算是一家人吧！可牙齿和舌头还经常不留意地咬在一起鲜血淋漓呢！"

"别看我这饭店小，看到的是这个社会的缩影啊！今天勾肩搭背亲热得不行，搂搂抱抱进来吃饭，明天身边已经抱着另外一个人又来了。这些年我是看得太多了。"老板顿了顿，接着说。

"说实话，像你们这一对，已经真的很少了。所以我今天借停电，

享受阳光

给你们制造点气氛，让你们回味一下结婚喜庆的感觉。我这人实在，不知道怎么样才算表白清楚自己的想法，希望这样不会给你们带来不安，也希望你们俩以后继续来照顾我的小生意。"

门口传来叫唤老板的声音，老板边说边退出门去。

江浩听完老板的话，动情地说，"阿芸对不起！老板说得对，没有过不去的坎，我们一定要珍惜来之不易的感情啊！来。我敬你，这杯酒，算是我向你赔礼了！"

灯光下，文芸的脸映得红扑扑的，她端起手中的酒杯，欲举又止，脸色分明柔和了许多。

"噼里啪啦"一阵响，大红蜡烛爆起了灯花。"灯花爆，喜事到"，自古就有这样的说法，大红蜡烛下的江浩、文芸看了灯花一眼，彼此相视着许久，终于忍不住笑出声来。

1975 年的钢笔

这不是一个单纯回忆童年的故事，故事里面反映的不仅仅是钢笔得失的经过。

1975 年，我从小学升入初中，在村北的小学校里，从中间的教室移到西边的教室，学校仍是村校，老师依旧是村里安排的。

9 月 1 日开学后，我从理直气壮地向父亲要求到死乞白赖向父亲哀求，父亲终于给我买了一支五角五分的英雄牌塑杆钢笔。我知道不是父亲吝啬，实在是家里没有余钱。我记得每年的口粮都不够吃，平时我们兄弟仨上学从来没有一分零用钱。那时候两分钱可以买一根白糖棒冰，五分钱已经是奶油棒冰了。每年夏天，我们都用口水怀念棒冰的美味，实际上很难吃得上一回。

"如果不是看在你成绩考得好，我才不会给你买钢笔，反正是背锄头务农的料。"父亲把钢笔递给我时这样对我说。这点是我最引以为豪的，村里一起上学的伙伴，男女十六七个同学中我的成绩是绝对第一，每次考试都这样，只是我家的贫穷也是全村第一。

"兜里插一支钢笔是知识分子，插两支钢笔的十有八九是干部。"那时候有这么一个说法。自从有了钢笔后，我发觉写作业更认真了，这是老师经常拿我的作业本表扬我的次数增多和褒奖的话语中也可以证明的。或许那个年龄的潜意识里有了一个愿望，要成为山村里的知识分子或者一种年轻人追求时尚的天性所致。

好景不长，一天下午，我上课时早就尿急了，老师刚说完下课，来不及把钢笔收起，我猛地站起往教室后面的厕所跑。前后几分钟，事情就这么蹊跷，在一身轻松回到教室时，我的心就再也无法轻松了。我的同桌和前座，两个女生在抢我摊开桌上的作业本时，忽略了本子上的钢笔，一拉一扯，钢笔骨碌碌地滚到桌边，自由落体垂直而下。"啪"的一声，我的同桌连忙放了作业本，捡起钢笔，笔尖已经摔歪了。我在同学们的惊呼声中，飞快跑回座位，拿起笔往纸上写。时有时无，钢笔已经无法正常写了，我又急又气，当即大声叫喊"谁摔坏我的笔谁赔！"

　　我的同桌小声说，前座的女生来拿你的作业本想偷看作业，她去阻止，作业本拉扯间就把钢笔摔到地上的。事实上当时班里大部分同学都看不起我的同桌，有的还欺侮她。原因是她的父亲头上有顶叫反革命的帽子，这在当时属于另类的，我平时只会读书，又不会欺侮女生，老师就安排她做我的同桌。说实话，我内心也不太高兴。不过，天生对老师的敬畏感，我是敢怒而不敢言。

　　我前桌的女生平时就看不起我的同桌。当时就对着我的同桌咋呼上了："我抄作业怎么了？谁要你这个反革命的女儿来管，你不管钢笔它就不会掉地上了。"我也火了："你抄作业还有理了，我找老师评理去。"

　　一听找老师，前桌女生当时就蔫了，事实上我们那代人都怕老师。主要原因是老师是本村人，一般都是长辈，加上是老师，哪有不怕之理。最后当着班里其他同学的面说好，钢笔她们两个人赔。后钢笔经我的老师修了修，只好作蘸笔，在墨水瓶里蘸一下可以写几个字，在没有拿到钱之前，我也只好这样将就着。

　　过了几天，我趁我前桌女生和我同时放学回家时，说跟她去她家要钱。她让我先到我同桌家里拿，她家的她负责自己拿来。我知道她是怕父母责骂，心想我只要拿到钱就行，她自己拿来我还求之不得呢！

　　我的同桌我催了几次，她却一脸无助，恳求我是不是缓一段时间，她是一分钱也没有，家里也困难，让她想想办法。

　　一晃过去一个多月，再下去就是放寒假了。我等不及了，放假我用那支破钢笔在家做作业，被我父亲看见，不被打死也要被骂死啊！我就对两位女生下了最后的通牒：放假前不把钱拿来，我上你们家告诉父母去。

我的同桌难为情地趴到桌子上，一言不发。倒是前桌女生，反而以言激我，"你有本事从反革命家拿来五角钱，我也给你五角。不去她家，我也不赔。"一块钱对当时的我，几乎是天文数字，就不甘示弱："你说话要算数"。那女生嘴巴挺硬："我算数，不算数的全班同学可以不理我。不过，你拿不来她家的也别想从我家拿。"

我也火了，"好，你等着，我星期天就去她家拿。"

星期日，我背着大竹篮特意去同桌女生家的附近割猪草，边割草边留意着她家的情况。说实话，当时十一二岁的年纪，要我去问大人讨债，心里害怕，另外也怕看到我的同桌在家。不知怎的，心里总觉得哪里不对头，又说不出来，但有一点心里雪然，事到如今，刀山火海只能上了！

眼看草已经塞不下竹篮了，我还是迈不出走向她家的那一步，无奈，只好背起装满猪草的竹篮打算回家。刚拐过她家的墙角，迎面走来了她的妈妈，她妈是本村嫁过去的，按辈分是我族姑。我只好硬着头皮叫一声"姑"，她一呆，随即一手接过我的竹篮，一边拉住我的手，"这不是大侄子吗？真乖，去姑家歇歇。"不由我分说，就拉我进了她的家，把我按倒在凳子上，说："坐着别动，姑给你舀水去。"转身端出一盆水要我洗手，又返身泡了一杯茶放在我面前。"你这一声姑啊！叫得我眼泪都要下来了。乖团，坐下别动，姑给你烧好吃的。"我坐立不安，又不知从哪说起我自己的事，在桌边傻子一般坐着。不一会，姑居然端着一小碗刚烧好的糖汆蛋出来。我吓呆了，那时鸡蛋和肉一样都是稀罕物，逢年过节都吃不到啊！即便尊贵客人上门，谁家也舍不得烧蛋招待。

我看着碗里的两只荷包蛋，口水直咽，半天不敢动手吃它，仿佛做梦一样。姑一手端起碗一手夹起一个蛋，往我嘴里塞，还说："姑知道你是个好孩子，淑怡（同桌的名字）说班里只有你不欺侮她！学习也好！姑喜欢懂事的孩子，这是奖励你的。"我最后还是忍不住接过姑手里的碗筷，三二下把两只蛋吃下了肚，连碗底的糖水也忍不住用嘴舔了个干净。

吃完了，姑说天快黑了，不留我吃晚饭了，你爸妈在家要着急的。她把我送到门口，还嘱我有空常去玩。

我就这样糊里糊涂回到了家，后来再也不敢和同桌提钢笔的事，事到今天，嘴里还经常回味起那鲜美扑鼻的鸡蛋香。

爱情一号归来

看完这个小故事，她绝不是一个坚守爱情的寻常故事，相信你会有新的发现。

蓝天白云，青山下一湾碧水。

俨然是一方水域的尽头，山脚下的水面上，杂乱地堆满各种废弃的大大小小电玩机器，五颜六色的塑料制品表层，阳光下显得分外刺眼。

山腰，一个人静静地站着不动，带有狐疑地四下打量着，显然是第一次来到这个地方，只不过身处的地方，有些熟悉而陌生。不太适应的神情，袒露无遗。山脚忽然传来一阵机械声和人语声，他决定下去看看，顺便也可以找人问问，这里是什么地方。

一个巨大的人形怪物，从山角拐了过来，更让人奇怪的是，"巨人"身前身后描着红色大字："爱情五号"。后面跟了几个人，两下一比较，真是十层大楼比一层草屋。只见"巨人"来到水边，两只巨臂交替着拿起水面的废弃塑料物件，塞进巨嘴，一阵"嘎吱嘎吱"的杂响，就不见了。几个跟在后面的人，看起来很悠闲，站在边上看着"巨人"不停地"吃"着那些堆积如山的废弃塑料制品。

他百思不得其解，眼看距离"巨人"越来越近，心里觉得越来越不安。自己也不知道是为了什么原因，只是觉得这个"巨人"的硕大面容似曾相识，只是想不起在那里看到过。他不由自主地放慢了脚步，眼睛却一刻也不敢离开那个"巨人"。

巨人边上旁观的几人突然看见这个人从山腰下来，感到非常意外。这是一个人迹罕至的地方，怎会跑出一个穿着奇怪的人来，会是谁呢？

那人越来越近，待看清来人面容，几人惊呆了，这人怎么这么面熟啊？"这不是导师说的'爱情一号'啊？！"其中一人惊叫起来，

享受阳光

几人顿时傻呆了。是啊！这人的面容和导师办公室里挂着的照片简直一模一样啊！可是，这位导师的初恋名叫简天蓝的年轻人已经失踪整整五十年了啊！

他们的导师叫徐水清，当年和男友简天蓝都是国内健康环境先进技术行业的翘楚人物。自从简天蓝失踪后，徐水清把男友的照片放大挂在自己的办公室里，终身不嫁，致力于世界健康环境方面的科研之中。

半个世纪过去了，她在地球健康环境研究上成为世界级的顶尖人物。面对高科技带来的文明社会的塑料、金属等废弃物，她都研究出相应的智能机器人进行处理。她还别出心裁地给自己失踪的男友命名为"爱情一号"，依次研究出来的比如净化空气的叫"爱情二号"，根治雾霾的叫"爱情三号"，沙漠绿化复垦叫"爱情四号"，彻底让塑料再生的叫"爱情五号"……更令人叫绝的，每个智能机器人的面容都是男友的复制品。所以刚才看到山上下来神秘来客的面容时，几个人都呆了。

闻讯赶来的徐水清也惊呆了。如果是初恋男友，也应该像自己一样年近八旬，老人一个啦！可是眼前的人还是当年失踪时的模样，莫非是穿越时空隧道来的。

他也被眼前的景况弄糊涂了，这里是哪里？这些和他热情打招呼的人又是谁呢？反正自己不知从何而来，也没地方可去，就随他们而去再说。

一系列的检测下来，可以确定眼前这位神秘来客就是当年失踪的简天蓝。只是有人给他的大脑特意做了记忆删除，没法找得出这个失踪五十年的人，去了哪里，只是隐隐约约到过一个和地球一样星球，那个星球简天蓝去的时候也是一片混沌，在那里待了一段时间就回来了，返回时也看得到蓝天白云，到地球的时间就是那天出现在众人面前的时间。看样子，简天蓝是被另外星球的人有目的地劫持了。

新闻回顾：2014 年 3 月 8 日马来西亚时间 8 点 11 分，马航客机 MH370 失去联系，机上有乘客 239 人，其中 154 名中国人，中国参加环太平洋健康环境及尖端科学会议的中国最年轻的环保专家简天蓝随机一起失踪。

被误解的爱之光

当爱之光被误解之后，那么故事的结果呢？

青木打小就听熟了爷爷的话：荒年饿不死手艺人，初中毕业就跟人去学了木工。三年学徒出师后，就在附近村子里帮人造房子打家具。手艺日渐精湛，腰包日渐鼓胀，年龄日渐长大。唯一不舒心的是男大当婚。

如今农村姑娘跑县城，县城姑娘跑省城。青木的家在山里，出门翻山越岭，村里的姑娘都往外跑，想平原的姑娘嫁进山里就更不用说了。

眼看青木近奔三的年龄了，不要说家里人，就是青木自己，嘴上说不急，心里早就火烧火燎了。急归急，总不成路上看见姑娘，随便拉一个回家拜堂成亲啊！

那晚已经八九点钟了，村里基本上是灯熄人上床，连狗也偎在墙角眯上眼了。青木从做工的村子一回到家里，就喜滋滋告诉已经坐在床上看电视的父母，说村口的秀萍对自己有意，自己对秀萍也满意，父母不信，青木说出了原因。

这青木天天在外村做工，只是每晚都从东家那里吃了晚饭回家休息。夏天还好，一到冬天，天黑得早，尤其经过村口不远的那片大枫树林，总觉得阴森森的，有些害怕。最近发现每次走过树林，村口秀萍家的楼上有一束灯光照过来，心里十分暖和，胆子也壮了。

原以为只是碰巧，今天经过她家屋旁，刚好听见秀萍母亲在责怪秀萍睡觉了还点着贼亮的灯干什么，这不是糟蹋钱啊！青木隐约听见秀萍在说：外面黑，走黑路的人靠我这灯照着呢！青木心里大喜，身后又没有人，这不是说自己吗？！

青木父母一听也十分高兴，说秀萍从小看着长大的，知根知底，是个好姑娘，能够成为青木的老婆，真是打着灯笼也难找的好事啊！

挑了个好日子，青木家托人去提亲，结果令青木很沮丧，秀萍一口回绝，说自己还小，过几年再考虑终身大事。还让青木另外找个好姑娘，别把心思无效地花在她身上。

青木伤心之下仍有些不解，就找个机会在路上堵住秀萍，提起了那些天晚上灯光照路的事，秀萍说，青木你多想了，那段时间之前，家里进过贼，她晚上关了灯黑咕隆咚害怕，所以点着灯。至于对母亲说的话，是怕母亲笑她这么大个人还怕黑，太难为情了，就撒了个谎。

青木这才彻底死了心。

不料，到年底，秀萍居然嫁给了同村做篾匠的金水。再次碰到秀萍，才知道谜底：青木从外村回家的那段时间里，篾匠金水也差不多在这个时间前后回家，那盏灯其实是特意为金水点的。

祖母的簪子

如果我说爱情天注定，你一定不信。祖母的家传簪子似乎是有魔性的簪子，它会自己找到爱的主人。

我打小就喜欢看祖母梳头。晨光熹微，勤劳的祖父母就起床了，祖父扛起锄头下地了，祖母就拿着那把黝黑发亮的木梳，坐到门口那块青石板上，开始拔出发髻上锃亮的银簪子，把一扎浓黑亮丽的头发，布幔一样从肩上一直放下，垂到腰胯间。那把梳龄远超过我年纪的木梳，在祖母有意识地上下梳理中，有节奏地开始弹奏起祖母的发浪来。

几分钟后，祖母的黑发变成了两根长辫子，祖母麻利地左右上下交叉着盘到后脑勺上，再用那支银簪子插牢。再后来，祖母的头发开始掉了，发层变薄了，就梳成一支辫子，照样盘成发髻用簪子固定在脑后。

祖母的银簪子很精巧，薄薄的，像一弯新月，又像祖父不离手两头微翘的扁担。浅浅的簪面上刻了龙凤图案，浮雕一样，惟妙惟肖。小时候，祖母在梳头，我就拿过祖母的银簪子玩，祖母就急，"乖孙子，千万不要丢了，咱家就剩下这点古东西了，我还得留着给你娶老婆传下去呢……"很小的时候，我不懂事，就反驳祖母，我才不要老婆呢！我和祖父母一起过挺好的，祖母总夸我有孝心，后来我渐渐长大，觉得娶老婆也许不是件坏事，再没有说那样的话了。

眼看祖母头上的黑发转白，以前银簪子插入浓黑粗大的发髻中间，外面一点影儿也没有，现在那根银簪子插入祖母花白瘦小的发髻里，簪子露出小半根。祖母老了，我也到了娶亲成家的年龄了。

一天，我无意中看到祖母发髻上亮白的银簪子不见了，头上插的是临时削的一根木簪，颤悠悠地晃在祖母花白头发的发髻上，特别刺眼。我忍不住问祖母是不是不小心掉了簪子？祖母一脸神秘地笑着对我说："簪子没有好事上门，过几天有人拿着我的簪子上门来，就是我的孙媳妇有着落了，我就可以做太婆了。"

原来祖母为了我的婚事，把祖传的伴随她大半生的簪子送人了。

几天后，我正在地里干活，祖母让人来叫我，说是家里来客了，赶紧回家一趟。真是怪了，家里来客一向是祖父母的事，自从我穿开裆裤年纪和祖父母相依为命后从来没有过这种情况啊！我一向听祖父母的话，懒得多想，拔腿往家里赶。

回到家，见祖父在门旁小凳上"吧嗒吧嗒"抽旱烟，祖母坐在八仙桌前，手上拿着那根亮白的银簪子，正在发呆。见我来了，就说："乖孙子，没事，这个不成，我再托人去。"我被弄得莫名其妙。

事后得知，浙中农村有个风俗叫"看人家"。就是男方托媒上女方提亲后，女方就暗中派人来男方家摸底，了解男方的家底、人品等。原来刚才是祖父母托人求亲的女方家派人来"看人家"了。

当时祖母正在家里忙家务，见一男一女两过路人上门来讨茶喝，好客的祖母让进客人，连忙泡茶。女的提出上厕所，祖母就领她去后院小屋，返身回屋，见男的正在屋里屋外打量。见祖母出来，就问她家里还有什么人经济收入如何？两老一小日子过得艰难不？祖母明白是"看人家"的客人来了，马上找个话头到隔壁邻居家，托人来叫祖父和我回家。一边又给客人重新泡了加糖的茶，让好座后，返身回厨房去烧蛋，烧糖氽蛋是给客人最高礼节。

待祖母端着两碗蛋从里半间出来，两个客人已经走了。那根亮白的银簪子就放在桌上，白得让人的眼睛睁不开。信物送回，婚事自然黄了！也难怪祖母沮丧。

我反而没有什么感触，只好百般安慰两位老人，说我的桃花运还没到，到了，后面姑娘排成队了。祖母叹口气，说你也不用安慰我们，两间旧房子，再搭上我和你爷爷两副棺材板，谁家姑娘肯来我家吃苦啊！我说奶奶放一百二十个心吧，我一定让你做上太婆。

那年年底，我去县里参加全县农村团支部书记培训，认识一位姑娘，相处半个多月的培训，成了无话不谈的好朋友。一个月培训期满，我俩就恋上了，培训结束我直接把对象带回家给祖父母"验收"，把老祖母高兴得不顾自己过了古稀之年，家里家外走路都小跑。临走时，把头上的簪子给了姑娘。姑娘回家拿出簪子，她父母看到簪子，眼都直了，连说：这缘分老天爷定了真是没法改的。原来我这个对象就是当初我祖母费尽心思托人去说媒求亲的那位。

我结婚后，妻子又把簪子插到了祖母的发髻上，祖母乐呵呵地说："行，我先用着，百年后再还给我孙媳妇，一代代传下去。"

女生的狡黠

一段青春生活的剪影，不管如何，就让这篇小小说让你轻松一下。

已经一路小跑着奔向学校了，素来胆小的梦莎还是忍不住对芬娜说，"才开学几天，我们就迟到了。班主任肯定要发火骂我们了。"芬娜信心满满，"你放心，一切有我。不过，你要看我的眼色，我怎么样你学着就是。"

果然，远远看见她们年轻的班主任正一脸严肃地站在教室门口，向着校门口方向张望呢。两人再一次发力加快步子，奔向教室。

　　"你们两人先到我办公室吧！"芬娜、梦莎被班主任拦在教室门口，两人有些不太情愿地转身走向不远处的教师办公室。梦莎一脸不安，她不知道接下去班主任会对她们怎么样。反观芬娜，依然一副无所谓的样子，莫非她真的有什么高招？不管怎样，毕竟是她俩错了。也怪自己，不就镇上一年一度的物资交流大会吗？两人今年刚上镇中学，第一次见到镇上人山人海的场面，结果逛来逛去，忘记时间了。这下倒好，被班主任抓了个现行，梦莎是越想越怕，不过看到芬娜的样子，也只好装出坦然的样子。不然，万一芬娜说出自己的窘状，以后在班里男女同学中怎么抬得起头来。

　　办公室里没有其他人，午后20分钟的读报课，班主任都去了自己的班，不是班主任的老师大多还没到。两人刚到班主任的办公桌前站好，班主任已经安顿好班里事务，匆匆走了进来。梦莎心里顿时紧张起来，用眼角扫扫芬娜，只见她的眼光一直追着班主任的身影，梦莎也忍不住带点恐慌看向班主任。

　　班主任倒是没有发火，双眼锐利地盯着两人，严肃地问，"上课铃过去快10分钟了，你们才来，去哪里玩了？"梦莎心想早点说清就走吧，站在老师办公室里算什么事，万一其他老师看到更不好。她瞄了一眼芬娜，看她一动不动，也只好低头不说话。班主任再次问道，芬娜还是老样子，只是低着头。班主任稍稍提高声音又问，芬娜的头低得更低，几乎贴着胸了，梦莎虽然心里没底，不过，知道芬娜一向是班里女生中最有主意的，也就学着芬娜，把头埋到胸前。

"你们不说是吧？好，不说，我马上去叫你们父母来学校。"年轻的班主任显然有些沉不住气了，他站起身，带点恫吓的口气再一次提高了声音。

"呜呜……"芬娜突然哭了，随之梦莎也跟着哭了。芬娜是有意哭的，眼泪鼻涕哭得一脸稀里哗啦的，还不停地吸着鼻子，一副受了天大委屈的样子。梦莎不知道芬娜要干什么，两人都是情窦初开的女孩了，再也不是小屁孩了，在年轻帅气的班主任面前这样哭，不觉得丢大脸吗？想归想，反正也没有什么好办法解决眼前的问题，就跟着芬娜哭吧，梦莎只是低低抽泣着，双手捂着自己的眼睛，时不时透过指间缝隙看着芬娜举动，居然发现芬娜从捂着的双手指缝间在偷窥班主任。

班主任显然想不到眼前两个女生会哭，他只是想知道她们迟到的原因，然后根据事情的大小急缓批评教育几句就算了。事实上他也从来没想过用体罚的形式来解决问题，他觉得眼前这两人和班里的所有学生一样，进入初中了，要像对待兄弟姐妹一样去做思想工作，动之以情晓之以理，她们一定会理解老师的一片苦心的。现在倒好，进门后一没骂二没打，还没弄清楚事情真相，她们先哭上了，外面听着以为发生什么大事了。说实话，他最怕女生哭了，想不到当初接受班主任工作时的担心这么快就摊上了。

也不对啊！会不会这两个小丫头知道我今年初次当班主任，没有经验，故意这样来难堪我，让我想不出办法来问话。站着不说话，神仙难下手啊！也罢，就来个将计就计，先让她俩回教室去，明后天再抽时间一个个单独叫来，各个击破，肯定不会遇到这样的僵局。

芬娜看着班主任站起坐下，有点慌乱的样子，知道自己的计策初步成功了。她向梦莎轻轻点了点头，更加大声地哭了起来，梦莎会意，也跟着哭得更起劲了。终于听到班主任似乎带点无奈的口气，"今天不愿讲，下次想起来再和老师讲，老师随时欢迎你们来说清楚。没有理由上课迟到，谁也没有这个权利，连老师也一样。读报课马上下课了，你们先回去准备下午的听课吧！"

两人顿时紧急刹车一样止住哭声，低头飞快地溜出办公室。就这样轻松过关了，梦莎对芬娜真是佩服死了。转弯处，梦莎拉住芬娜，"你怎么知道老师这么容易放过我们了？"

"那是自然。"芬娜有些得意，"我告诉你一个秘密，我们老师连恋爱也没有谈过。那天我在校门口无意中听见有老师在开我们班主任的玩笑，把我们班主任窘得满脸通红，一副急赤白脸的样子。所以我想班主任遇到我们哭的话，肯定束手无策。"

眼前这关过了，明天班主任单独找我咋办呢？梦莎有些心虚地掉头看去。

红绸被面

回忆有美好的，也有残忍的。儿时的红绸被面，不仅仅只是一段故事的回放，还有沉重的感情悲剧在里面。

七岁前的我，是个整天在外疯跑的野丫头，身上和泥猴一样。家里穷，衣服都是哥哥姐姐们穿剩下的，所以，很多人看不出我是男孩还是女孩。

七岁那年，我上学了。老师姓李，是一个漂亮的姐姐，说是从杭州来的知青。李老师说话不像村里人一样高声大叫，而是细声细气，很好听，身后挂着两支又黑又粗的大辫子，走起路来，左右甩动。

刚进学校我改不了撒野的习性，浑身上下都是泥啊土啊，李老师耐心地告诉我这是不好的习惯，以后要慢慢养成爱干净讲卫生的习惯。一天，李老师看我头发又乱又脏，就舀了一盆水帮我洗干净。放学时，又手把手教会我扎辫子。扎完辫子，让我离开她几步，对着我上下打量一会，自言自语地说，如果有根大红绸子，扎上两只蝴蝶结，灰姑娘就变成白雪公主了。我当时不知道灰姑娘、白雪公主是什么样的，却知道公主是天下最漂亮的女孩，就暗暗地记下了了李老师的话。

放学回家，想起李老师的话，我就翻箱倒柜开始寻找红绸子。最后，在平时放衣服的暗红色木箱子底，找到了一大块叠得方方正正的红绸子。一看这么大的红绸，我不加思考地，拿起妈妈平时给我们缝补衣服的剪刀，卡卡剪了两条手掌宽的红绸子。

我连跑带跳地跑回学校，李老师也挺高兴的，也不问我从哪里找来的红绸子，就在我的小脑袋上扎了两只蝴蝶结，扎好后，又让我在她的小镜子面前照了照。镜子里的小姑娘圆圆的脸红扑扑的，平时乱糟糟的头发整齐地从额头一分为二，头顶两只鲜红的蝴蝶结，头一动，就像蝴蝶的翅膀颤动。老师问，"好看吗？"我害羞地点点头，满心欢喜地回家了。

临近天黑，在队里挣工分的父母才双双回家。我带点炫耀地告诉母亲，我会扎辫子了。母亲一看我头上的蝴蝶结，立马焦急地问我，红绸子哪来的？当我说完是从楼上的木箱子找到的，母亲一声"你个讨债鬼啊！"一把拉我到她的身前，扬手在我的屁股上打起来，"你知道你闯了多大的祸吗！你告诉我，是谁教你扎辫子的！"父亲说，"事情已经这样了，你就是打死她也没用啊！"

当我忍着屁股上火辣辣的痛，哭着告诉是李老师给扎的辫子，母亲气愤地说，我要找你们老师去，不是她就不会有这个事，这个后果一定要老师承担。晚饭后，母亲不顾父亲的劝阻，气冲冲地出门去了。父亲告诉我，红绸被面是外婆托人从杭州带回来的，给母亲的陪嫁！按老家风俗，这块红绸待我出嫁时必须给我压箱底的。姑娘出嫁，没有一块红绸被面压箱底，娘家和婆家还有新媳妇，都要被人看不起的。当时父母在生产队里一天挣的工分，到年终分红也买不回这块红绸，母亲能不急眼吗？我似懂非懂地听着父亲的话，觉得自己真是闯下天大祸了。

享受阳光

　　那个晚上，母亲赶到学校和李老师吵了一架，说是李老师教唆我回家找红绸子的，非要李老师赔红绸。过了一段时间，李老师真的赔了一模一样的红绸子被面。拿回红绸被面后，李老师不在我们学校教书了，听说去另外一个村了，我再也没有见过她。

　　我长大了才知道，这块红绸子被面是杭州都锦生丝绸，一百多年的历史了，很有名的，价格也贵。李老师当时也赔不起这么贵的绸子被面，那时邻村一个大队支书的儿子正好拼命在追她，要是答应嫁给支书的儿子，李老师就没有回城的机会了，她当时就拒绝了。出了这件事，李老师没办法，只好违心地答应嫁给那个人，条件是必须先赔偿我家的红绸被面。

　　李老师嫁给支书的儿子后，成了一个地地道道的农民。不过，幸运的是，丈夫待他很好，一儿一女都考上了大学，成为城里人，李老师夫妻也跟着儿女进了城。

　　知道原委的我，已经长大成人，也理解了母亲的无奈和苦心。只是几十年来，总是觉得对不起李老师，心里存了一份深深的歉疚。

应聘怪招

　　人说逼急了兔子还跳墙呢！故事中的徐母爱子心切，何尝不是又一起"兔子"跳墙啊！

随笔随语

　　这是第五次参加应聘考试了，笔试成绩徐清扬排在第二位，如果面试和笔试一样公平公正，清扬的工作是三个指头撮田螺——稳拿了。可清扬心里很清楚，除了笔试分数是真的，其他全是拼爹拼娘拼关系了。想起当年考上名牌大学一度成为全村孩子学习的榜样，如今居然沦落为村人的笑柄，徐清扬感到莫名的沮丧。

　　几经周折了解到，这次招考单位的一把手黄富阳是和清扬同一个镇的。当晚，万般无奈的清扬只好把这个信息和父母说了，本乡本土的，目的是能不能从黄店村找到关系，就算曲线救国吧！

　　听说儿子参加应聘的单位头头是黄店的黄富阳时，平时只会唉声叹气的母亲居然再问了清扬一遍，"你确定真的是黄店村的黄富阳？"得到儿子的肯定后，她居然一改往常的颓丧神情，大包大揽地对儿子说，"这件事包在老妈身上了。"弄得清扬和父亲都丈二和尚摸不着头脑，是不是被气糊涂了。

　　早上，黄富阳刚在松软的老板椅上坐下，秘书说他有个乡下亲戚已经等了他好一会了。"乡下亲戚？"会是谁呢？一般来找他总会提前打个电话来，他的亲戚是富在深山有远亲，自从当局长后，嫡亲远亲堂亲沾个亲字的都找上门来。这个不速之客会是谁呢？莫非又是一个八竿子快打不着的远亲？不管怎样，既然已经在门口等了，就见一面吧！不然，传到乡下说自己摆架子什么的也不太好。

　　徐清扬的母亲进了门,黄富阳怎么看也不认识啊！只好问她,"你是谁？我怎么从来没有见过你。"

享受阳光

徐母不慌不忙地说："黄局长您是贵人，怎么还会记得一个相隔二十年没有再见过的人呢！"

"二十年不见？"黄富阳一惊，心里咯噔一下，不由自主从椅子上站起来。

徐母从衣袋里掏出一张用手绢包得严严实实的照片，小心翼翼地递给黄富阳，黄富阳接过一看，顿时像中枪一样，跌坐进老板椅里，往事一下子被生生割开一条缝，那可是黄富阳年轻时一件非常隐秘的事啊！

黄富阳刚进当时的乡政府工作时，安排在二十公里外最偏远的山村徐里。那时交通不便，不要说公路，就连走路也是七高八低的山间小路，所以黄富阳每次去徐里，总会在村里待上一二天。就是这样，她和当时村里最漂亮的姑娘莲心好上了，两个年轻人不久还偷吃了禁果。

后来，黄富阳工作调动后，他担心和村里姑娘莲心结婚对自己的前程没有帮助，就狠心地抛弃了她。只是后来听说莲心还怀了他的孩子，再后来又听说莲心嫁到很远的地方去了，甚至还有人说莲心寻短见死了。这件事黄富阳一直觉得没有做错什么，年轻人为了事业总要有所选择。直到近几年偶尔听到徐里这个村名，隐隐掠过一丝内疚。

莫非眼前的女子就是莲心？可他怎么看都看不出有一点当年莲心的影子啊？他有些疑惑，小心地问："请问你是莲心还是莲心的……？"

徐母知道黄富阳已经想起往事了，就说："你先别管我是谁，我今天来找你也不是来和你叙旧情或算旧账。我只是想告诉你，我的儿子参加你们局的招聘考试，得了第二名，希望你在面试时能够秉公录取。我相信我儿子的能力，除非你们背后又出什么花招。"

黄富阳有些不敢相信，这个女人就为这件事，他有些不信，"真没有别的事了？"

徐母很爽快地说："没有了。"说完就站起来告辞。黄富阳手里拿着照片，叫住她，徐母却说："有些事，我现在不告诉你，以后我一定会和你说清楚。对了，我儿子今年二十一岁，你在徐里工作应该二十二年吧！"假如当年莲心把自己和她的儿子生下来的话，不也刚好二十一岁吗？黄富阳心里一阵紧，莫非……？这个女人也不至于要这样说啊！如果当年莲心生下孩子，不可能带着孩子再嫁人啊！黄富阳马上让秘书把这次招考已通过笔试人员的资料拿来。

徐母坐在回家的车上，心里也颇有些紧张，假如这黄富阳不买他的账，如何是好？毕竟自己的儿子不是当年黄富阳和莲心生下来的孩子啊！那个孩子早已随莲心嫁到和安徽交界的临安了，那件事也只有她一个人知道，毕竟当年自己是莲心唯一的闺蜜啊！假如不是儿子的工作，她会把这个秘密带到地下的，现下只能在心里对朋友说声对不起了。

过　年

　　很多人认为过年就是过劫，对于独生子女分别成家后如何陪老人过年，这是一个很有代表性的故事。

　　王娟这几天烦死了。

　　结婚时和丈夫赵安说好，自己是独生女，希望以后隔一年回娘家过个年，为老人热闹一番。赵安没异议，几年来一直相安无事。今年按惯例轮到回娘家过年，开始还是风平浪静。

　　王娟母亲距离过年还有两个来月就三天两头打电话，告诉年糕舂好了，再过几天又说冬米糖切好了。王娟心里清楚，母亲不单是为了告诉家里准备年货的情况，一来是告诉女儿女婿家里一切准备就绪，只等着他们一家三口回去团圆过年了，二来就等着女儿女婿一句话，哪天动身哪天到家，给他们一个准信。王娟也悄悄地开始准备回家的礼物。

　　临近过年，赵安在南方打工的兄妹一个电话打破了家里的平静。说是春运买不上票，最快也要正月初二才会到家，再说早就定好正月初三赵安一家也去家里会合，三家人一起给九十高龄的祖父点蜡烛放鞭炮祝寿。现在回不来了，可否请赵安一家先去和爷爷一起过年。

　　赵安回家一说，王娟不乐意了。本来前年也是回娘家过年的，结果赵安父亲摔了一跤，赵安做了王娟的工作，一起回家去过年了。去年还是按轮流的顺序不变，前后一算，自己家已经四年没回家过年了。再说，今年自己和赵安早就和父母亲说好，无论如何也回家过年。大不了正月初一就出发去赵安家，这大年三十的年夜饭，王娟坚持一定得回自己家吃。

赵安再三做王娟的工作，说自己当年若不是爷爷力争，也和兄妹一样读完小学就去外面打工了，不是爷爷奶奶省吃俭用出了大部分钱，他的大学根本没法念下去。王娟说她也知道爷爷的好，但不相差一个晚上，还是坚持自己的意见。赵安急了，吼了一句："大不了各回各的家"，自此几天不理王娟。

王娟也火了，自己也不是回不了家，就在单位放假前，一个人悄悄去买了回家的火车票。排了几个钟头的队，结果王娟还是从黄牛手里买了一张高价的站票。站票就站票。大不了小孩不带，反正赵安是自己开车回家的，让他带着吧！

王娟一个人回家，父母亲纳闷了，怎么女婿没来不算，最疼爱的外甥怎么也不见啊！王娟只好搪塞，说提前回家来帮忙干活的，赵安单位放假晚，父子俩自己开车来。嘴上说归说，王娟心里还是虚的，真到了大年三十除夕夜，赵安他们不来可怎么是好？

眼看明天就是大年三十了，还没有赵安父子的消息，王娟几次拿出手机拨着号码，最终还是放弃，心里还是希望赵安能够带着儿子出现在村口。父亲好像看出了女儿的不对头，几次询问王娟，是不是和赵安吵架了？王娟满口否认，心里却像热锅上的蚂蚁热

享受阳光

得慌，只好到处找活，用来掩饰自己内心的不安。有时候恨上心头，忍不住暗地里骂起赵安来，大年三十不来的话，明年就离婚。有时候也忍不住责怪自己的任性，结婚多年一直恩爱有加，赵安一直都是顺着她的。再说爷爷只有一个九十大寿啊！自己怎能这样任性呢！

腊月廿九夜，王娟一个人躺在床上，在自怨自艾和责怪丈夫不肯给她一个台阶下的辗转难眠中，一直到天光微熹，才昏昏沉沉睡去。恍恍惚惚中，听到儿子在身旁大声叫着"妈妈"，一觉醒来，儿子真的站在床前，身旁是笑吟吟的丈夫赵安。

王娟一骨碌坐起身来，一把搂过儿子，才知自己已经睡到中午了，丈夫开了三四个钟头的车，已经从他们上班生活几百公里外的城市里回到了家。

王娟的娘家和丈夫的老家其实在乡邻的县市，只有百余公里路。只是去他们居住的城市都有几百公里。以他们居住的城市为顶点，自己娘家和丈夫老家就像大挂钟钟摆摆动时的两个极端，也像一个等腰三角形一样。

下午，王娟悄悄地和母亲说明了缘由，请父母亲提前一个钟头吃年夜饭，吃完了要去丈夫的老家。王娟还逼着丈夫去房里躺下休息，自己背着丈夫给公公婆婆打了一个电话，让他们晚饭稍微晚一点，他们一家三口会赶回去和爷爷一起吃大年三十的团圆饭。

一切安顿好，王娟哼着小曲和母亲乐呵呵准备年夜饭啦！

丈夫撒了谎

家庭之间，有些善意的谎言真的没有错，关键在于当事人如何冷静地处理，不然真的会"摊上大事"啰！

秋高气爽，又逢上好天气，紫菱真是高兴。很长时间没有出去郊游了，难得单位几位同事相约去山里的农家乐放松一天。唯一有点遗憾的是，丈夫小章没有时间参加，刚好他们单位刘姐组织郊游，想让丈夫小章做驾驶员。刘姐既是小章的领导，又是他们夫妻俩的介绍人，平时把他们当作自己的子女一样对待。

紫菱就劝丈夫好好开车，自家夫妻以后有的是时间，也不在乎这一趟。

出城不久，很快就拐入进山的盘山公路，清风徐来，清新的山野之气扑鼻而来，这对整天框在钢筋混凝土楼群之间的紫菱一群人，真有一种出笼放鸟的感觉。眼看就快要转入约定那家农家乐的山道，后面有辆落下的车要求紫菱他们前面几辆车路边等一下。

看车外阳光和煦，紫菱他们干脆从车里走下，站到路边边晒太阳边闲聊。身边时不时呼啸过一辆辆车，紫菱想，现在的人周末都往乡下山里跑，说不定这些车里的人也和自己一样，去山里放松的。

正想着，一辆车在紫菱面前停了下来，摇下的车窗里探出了刘姐的面容，"紫菱，原来你们也是去山里啊？"紫菱一看，也很高兴，昨晚也没细问丈夫他们去那里玩，说不定真的不约而同了。往车里一看，不是丈夫小章开车。有些奇怪，"哎，刘姐，是你们啊！小章不是说你们一起玩，给你开车的吗？"

刘姐说，"我正要问你呢，小章说今天要和你们一起去玩，要替你开车的，我刚才还纳闷，怎么不见小章啊？"

旁边同事开玩笑说，"看来这小章不老实。紫菱啊！平时看小章也挺老实的，看来你被他骗了。"

紫菱也有些奇怪，丈夫不是这样的人啊！倒是刘姐在车里看到紫菱的神情，宽慰紫菱，"紫菱，你别听她瞎说，小章是我看着长大的，他不是那种人，或许他临时遇上什么急事，怕你担心才没告诉你。你就放心吧！"

车里的人催刘姐，他们的车一溜烟地绝尘而去。正好紫菱她们等的车也来了，紫菱就坐上车，继续向目的地驶去。只不过，人在车里，心已经不再在车里了。

到了目的地，紫菱找了个不被人注意的角落，马上给丈夫打电话。结果悦耳的女音提示"联系不上"，这下让紫菱心里有些不悦了。丈夫究竟去了那里，竟然连手机信号都没有，何况还是开车去的，这真让紫菱莫名的疑惑。

因为丈夫的去向不明，这让紫菱玩的兴致大大减弱。吃饭的时候，早上那个知道紫菱丈夫的事的同事，居然在饭桌上说了。这下和捅了马蜂窝一样，平时几个女同事见面，说得最多的就是张家丈夫养小蜜，李家老公包小三。现在一听紫菱丈夫小章撒了谎，更是一个个如福尔摩斯一样，替紫菱设计了一百种出轨的可能意象，让紫菱哭笑不得。紫菱嘴里坚持自己丈夫不会如大家想的，可越说到最后，连自己都似乎说服不了。仿佛丈夫的出轨，已经是铁板钉钉很牢固了。

为了不拂大家的兴致，紫菱强支撑着和大家一起玩到傍晚回家。开门一刹那间，真希望是笑容晏晏的丈夫来开门。可结果还是失望了，她随便煮了一点晚饭，和儿子一起吃了。

晚上九点多，看着门轻轻一响，在客厅沙发上一直坐着的紫菱看到丈夫一脸疲倦地走了进来。看见紫菱，有些诧异，以前妻子这个时候早就坐在被窝里看电视了，就问，"怎么还不睡？"

紫菱有点生气，"你这一天去那里了？你什么时候学会骗人了？"

丈夫说，"我没想骗你。你让我吃完再解释好吗？"

紫菱一听丈夫这样说，更生气了，"你解释什么，刘姐我今天已经碰到了。打你电话也不通，找到什么角落幽会去了。难道你这么陪人家一天了，她连饭也不管你了。"

丈夫一听，知道妻子误会了，连忙说，"我真的没骗你。早上刚要出门时，接到老家妈的电话，说爸下地摔了一跤，有点严重。我只好对刘姐说，今天要给你们做驾驶员。又怕你担心，玩得不开心，就没告诉你，就直接去把爸接到县医院了。安顿好了就急着赶回啦。再说老家信号时有时无，这你是知道的啊！看来你是要三堂会审了，不过，可否请老婆大人开恩，喂饱我的肚子再继续审问。"

还没等丈夫说完，紫菱立马站起身，快步向厨房走去，一边走一边询问丈夫，公公的伤情如何？要不明天全家再回一趟老家。

玉　事

缘，妙不可言，爱情亦然。玉不能语，玉却能传递爱人的心意，不信，你看看本篇这个美丽故事。

人说玉养人，苏梅却说玉伤人。

大学四年的男友，临毕业送给苏梅一个玉挂件，说是祖传的，不要在乎价值多少，只是留个念想。苏梅感动得一塌糊涂。送完男友后，回家吵着一定要追随男友去南方那个城市发展。显然，除了事业，发展的主要方向是爱情。

隔壁王叔碰到苏梅说，听说你男友给你留下一个祖传玉挂件，可否让王叔开开眼。苏梅从脖子上小心地摘下，喜眉喜眼地递给王叔。王叔从衣袋里掏出一个放大镜，上下左右照了半天，最后遗憾地对苏梅说，可惜是新玉，如果是老坑籽玉就价值不菲了。

苏梅心想，这说不定是老爸想挽留自己留在身边，和王叔串通起来的。新玉老玉苏梅不懂，不过，按理祖传的玉应该年代久远啊！苏梅心里有些疑惑，就跑到城里最大的玉器店里去，结果让苏梅心里更沉重。不仅不是真玉，是个高仿玉挂件，一般肉眼根本看不出来，是几十块钱的地摊货。

　　这下让苏梅是谈玉色变。更让家人揪心的是，这块假玉让苏梅彻底伤了心，几年不和男性交往，更不必说谈情说爱了。眼看接近三十大关，家人急得孩子落水火上房的感觉。眼看家人先是慎之又慎地为自己挑选合适人选，后来干脆是病急乱投医般叫苏梅去相亲。苏梅慢慢理解家人的心情了，暗自觉得应该在迈过三十大关之前解决婚姻问题，不然对不起两鬓斑白的父母了。

　　徐远帆是苏梅的同事，身体颀长，五官清秀。这样的男孩一进公司，很快成为公司里单身女孩的钻石王老五。得知了苏梅的情况，徐远帆发动了全方位集束型的攻势，恋爱中的飞毛腿、爱国者，还有什么地对空、空对空等等。说实话，苏梅不用徐远帆的进攻，已经在心里对他暗许了。一看他的阵势，反而不敢轻易答应了。毕竟是要一辈子过日子的，徐远帆这样近乎作秀的做法，反倒把个苏梅弄得七上八下，无法下最后的决心。

　　不过，徐远帆也洒脱，几个月时间攻不下苏梅这个堡垒，就约了个时间，送给苏梅一个晶莹剔透的玉佛挂件。苏梅最怕玉以及和玉沾边的事，徐远帆一番说辞非要她收下，苏梅居然收下了玉佛。

　　回到家，平静下来的苏梅对着这个玉佛，看着不舒服起来。刚巧妹妹看见苏梅拿着个玉佛不知所措的样子，就让苏梅送给她戴，这玉佛挂到妹妹的脖子上，苏梅心里一阵轻松。只是在公司，有点担心徐远帆会不会问她玉佛的去向，还好这徐远帆还和以前一样对她好，仿佛忘记送过她玉佛这件事，更奇怪的是再也没有听到他追求谁的消息。

时间又过去了几个月，苏梅感觉和徐远帆又回到了当初那种若即若离的同事关系，就像刚认识一般。

那天苏梅出差回家，妹妹居然说，玉佛出现了一条细微的裂缝。苏梅觉得怎么可能，当初她还请王叔看过，王叔说这可是块好玉。还说玉是有灵性的，有缘的人佩戴它可以养玉，玉也能护人，可以辟邪、养颜美容、强健身体等，正如老话说"人养玉三年，玉养人一生"。

莫非这玉真和妹妹无缘？苏梅抱着试试看的心思，让妹妹把玉还给自己，按照徐远帆的说法，苏梅从此不管白天黑夜，玉佛从不离身。开始还真是不太习惯，仿佛为了完成某个使命一样，苏梅决定坚持戴上一年半载试试看。

一晃又过了数个月，饭桌上妹妹突然问苏梅，那个玉佛还在吗？苏梅从胸前拿出玉佛，举在手里，"在啊！"

苏梅惊呆了，裂缝不知什么时候不见了，整个玉佛浑然一体，温润通透。家里人听说了玉佛的奇迹，都纷纷拿过细细察看，看不出一点瑕疵。父亲说苏梅和这块玉是真的有缘，母亲说这是上天早就注定的，妹妹说，是姐姐的果然是姐的。

苏梅手里拿着玉佛神情有些恍惚，才想起，徐远帆出差有半个多月了，还没接到他一个电话呢。

爱情物语（微小说8则）

一串各不相同的碎言碎语，展示不同方面的生活以及寓意，文短意长，滴水可见太阳。

徐生上树摘枇杷，不慎摔下，压断一根树枝同时坠地。

忽听得另一棵树上两只鸟在说话，"看见刚才那树枝拼命想接住那人吧？"

"是啊。"

"那人前世也是鸟，每天站在那树枝上唱情歌，树枝以为唱给它的，所以刚才拼命想救他，结果连命也没了。"

"如此说来，爱情不仅盲目，有时还要以生命为代价的。"

盗亦有道

安城有巨贾，家藏甚富。适倭寇犯境，贾嘱子携宝远离，纵死莫使中华瑰宝落入倭寇之手，然忧路途艰险。忽梁上跳落一人，言窥宝藏室已数月，正欲下手。今观贾气节凛然，愿弃恶为其子护驾。贾父子惊讶万分，见其言词颇诚，应之。

次日，众人走后，贾命人按盗所言打扫庄内闲置阁楼，仅荔枝、桂圆、核桃等坚果壳达数担，方知不虚也！

郊 遇

书生郊游途中，突遇飞沙走石，现出一峨冠华服长身玉立之人。曰："吾尔祖城北徐公也！容貌德行均胜齐王，然才干逊之，故其能成大业也！"言毕即逝。

书生闻声返家，埋首寒窗，寒暑不倦，终成一时俊彦。

书生，安城徐公士俊也！

生生死死念枇杷

安城徐生好文章喜山水。一日，至村北梅林深处，见一石洞内灯光曚昽，隐约平搁一人形黑柜。踹门而入，震落金柜，柜内滚出一人，古装华服。那人强咳数声，吐出黑色球形物。起，对徐生深揖道谢，"小王闻徐里枇杷鲜美，偷出宫狂啖，不料枇杷核卡喉而致气绝。今观君服饰，非我同族，不知掳我何方？敢问仍有徐里枇杷得以饱口福乎！"

正气通灵

安城徐生家甚富。适倭寇犯境，命子携宝隐匿，嘱宁弃命也不让珍宝落入倭寇之手。梁上飘下一古装人物，"吾护宝神也！随宝累世，可去供家神处看吾信物。本欲随宝遁去，今观君气节凛然不甘亡国奴，愿继续护宝供驱驰。"

徐生送走儿子，果在神龛里发现用五色丝线穿在一起的五个铜钱，居然唐宋元明清各一枚。

纸工艺品

回到房间，他莫名的心疼，正惘然。敲门声里进来一奇怪小孩，两只冲天髻，对襟福字褂，满脸喜气，手上沾一只七彩蝴蝶。"主人，我们血脉相连，你怎能丢下我俩呢？"他诧异万分。

又一阵敲门，宾馆服务员手里托着福娃、蝴蝶纸品进来。居然是他在会议中间休息时用手撕成的。"先生，这是你落在会议室的。"

手谈者

闻讯常去的小区公园棋摊一会来查禁赌博，我陡然想起楼下棋友，急奔告知。

友妻开门，见棋友端紫砂壶在阳台上正悠然看楼下查赌。见我疑惑，释之。

你我手谈均为生活之余怡情养性，故我与人手谈，每每结局多为和局，和为贵么！赌者害人害己，自有赌始，早就在此等候看今日一幕也！

弥月恳谈会

相士："此子天庭饱满，地阁方圆，不是大富，必定大贵。"

邻居："佳儿浑身上下集中了父母亲的全部优点。"

乡下亲戚："老话一撺穷二撺富，他手生两撺，长大肯定富可敌国。"

主人："小儿初成，各位嘉宾多点劝谏、勉励之语吧！"

享受阳光

　　同事下属："我可直接提意见了，这孩子以后官至极品，很辛苦。一定要让他注意身体，身体是做官的本钱啊！"

　　预言家："我不得不遗憾得说出一个事实。这孩子生前德范为先，泽披万民。百年后被塑成铜像，风吹雨淋太阳晒，太辛苦了。"

　　全场不时响起阵阵掌声。

第四辑　乡野

乡村总给人以丰富的想象，黛瓦翘马头，庭院篱笆墙，路不拾遗夜不闭户，你随意走进一户农家，陌生的主人也会竭尽能力招待你，让你感受着"客来，村人咸来问讯"的古晋风俗。当下的乡村又会有哪些真实的故事，本辑小小说带着你走进浙中乡村，尽情领略姿态万千的乡村风情，品咂日渐消逝的美好风俗。

县长要来过大年

与其说是一个官场常态小小说，不如说是一个展示乡村淳朴、笃实情感的真情故事。

振清已经连续三天看到年逾八旬的桂老太，蹒跚着步子站在寒风凛冽的村口，向着县城方向张望。

得知事情的原委，振清觉得事态严重了。身为多年村干部的振清，对村里的一人一物一草一木可以说了如指掌，村里的事不管大小，他能八九不离十处理个大概，不说村里几百号人做到人人满意，起码也是赢得了大多数村民的肯定和拥戴，要不，这连任几届村干部，在这百人百性的村里，不是一般人做得到的。

桂老太是村里的低保户，中年丧子，老来失伴，只有一个人孤苦伶仃地生活着，村里要送她去县里的互保户集中供养中心，她又住不惯。这不能怪桂老太，徐里村地处两县交界，村里的语言和风俗都随邻县。桂老太到了县里供养中心，就像出国一样，和其他人交流，双方都有一种鸡同鸭讲的感觉。八十岁的老太太了，也不可能去学普通话，只好回到她生活了大半辈子的山疙瘩徐里村，每个月就靠那点低保补贴紧紧巴巴过日子。

元旦前，县里一个姓陈的副县长说要乡里推荐边远山区的贫困户进行新年慰问，徐里村是距离县城最远的山村，乡里就带到了徐里。那天，振清和村里一干领导，还有乡里领导陪着陈副县长来到了桂老太家徒四壁的低矮老屋里，给桂老太送上了新年礼品和一个新年红包。满脸笑容的副县长听振清介绍了桂老太的情况后，唏嘘不已，非常同情。当场表示今年来陪桂老太一起过年，感动得老太太一手拉着女县长的手紧紧不放，一手忙不迭地撩起衣袖，不停擦着哗哗流淌的泪水。

一进腊月，桂老太开始满心欢喜地准备过年的东西，村里人纷纷劝她，不要当真，领导们都是随便说说的，说过就忘记了。也有的说，当县长很忙的，这点小事不算事，不会搁心里。桂老太不信，

"君无戏言"，她相信一定会来的。

振清碰到桂老太，不敢明说，只是暗示老太太别把县长的话当真，可老太太还真的硬扛上了，说县长一定会来的。这不，过了腊月廿三，送完灶王爷上天，桂老太忙完家里活计，一有空就跑到村口去看了。老太太的意思是，县长实在来不了，也应该提前来说一声啊！

眼看就要大年三十除夕夜了，县长自然也是不会再来，老太太依然一天一次去村口张望。振清实在憋不住了，就打了个电话给乡里熟悉的领导。不料领导不仅不理解桂老太的行为，也不体谅振清这样村干部的难处。指责振清简直是乱弹琴，说一个县长来陪山里疙瘩孤老太吃年夜饭，岂不是天方夜谭吗！这种小事，村干部应该做好村民的工作，事不论大小，都要上级领导来处理，领导又不是为你一个人服务的……一番官腔，气得振清差点连饭也吃不下。

老话说风雪近年边，腊月廿九漫天飞舞的一阵风一阵雪，让山村的过年气氛变得浓郁起来，家家户户门前贴满了大红春联，有的人家门前还挂上了大红灯笼，时有时无的鞭炮声，更渲染了年的温度和厚度。

大年三十除夕夜，村里人都按照古俗开始准备年夜饭，谢年的祭品少不了鸡鱼肉等，团圆饭上的年年有鱼、步步高升的年糕、路路畅通的藕片、家家团聚的团圆粿等等。桂老太也信心满满地准备着年夜饭，几年了，从来没有这样用心过了。自从老伴去世后，桂

享受阳光

老太的年夜饭都是随便将就一下的。左邻右舍劝不了老太，心里都在为她担心，几个钟头后就是吃年夜饭了，县长不来，老太的失望会怎么样，大家都不敢想下去。

下午二点多，一辆披着雪花的小车驶进了徐里村，车子径直开到振清家，下来了一女一男，提着大包小包礼物，走进振清的家。不大一会，振清满脸笑容地带着这对男女走向桂老太家里，村里人看见这幕的都惊呆了，难道真的是县长来了？

振清先一步走进桂老太的家，大声告诉老太，陈县长没有忘记陪老太过年的事，实在抽不出时间，只好派自己的女秘书提前来陪老太太吃年夜饭，吃完还得回城。老太太激动地紧紧抓住来客的双手不放，一迭声地说，"快坐下，快坐下。"一边还喜滋滋地对振清说，我就说县长肯定说话算数的。

桂老太如愿以偿地和客人吃了年夜饭，这是他几年来吃得最舒心的一顿年夜饭。她不停地把好菜挟到客人碗里，嘴里不知说了几箩筐的感激话。往年老太太几分钟打发的年夜饭，吃了一个钟头还意犹未尽。怕耽误客人回城，桂老太一吃完饭，就把自己养的早准备好的土鸡鸭硬塞给客人，一定要他们带给县长。

客人返回振清家，进了门，叫了声"舅舅，您的任务总算完成了。"振清一脸苦笑，他也是迫于无奈，眼看桂老太难过这个坎，他只好让远在省城刚返回邻村父母家过年的外甥女、女婿一起来，帮他圆一圆桂老太这个心愿。

高头饭和红糖茶

是母爱却更胜母爱，故事的引人入胜之处更在于展示母爱之中融入日渐远去的乡风民俗。

母亲大字不识一个，可为人贤淑，东邻西舍只要有什么事，她都乐意帮助，平时敬老怜幼，在村里口碑很好。

早先农村里男权思想严重，我们家里也是如此，一般都是父亲说了算，就连吃饭，一锅米饭，母亲总是从最中心用锅铲先盛一碗给父亲，我们和母亲就吃锅边用番薯、萝卜丝垫底的混合饭。有时我们小孩子不懂事嚷嚷，母亲就虎着脸喝责我们，说父亲是家里的顶梁柱，要靠他去生产队里挣工分养活全家人的，当然要吃得好一点，后来我知道当时那个缺粮少菜的年月，村里大多人家都是这样做的。

后来我们姐妹几人读书时，母亲不顾父亲的反对，一定坚持要我们读书，说是砸锅卖铁也要供我们读书，这事在村里也曾引起许多人，尤其一些老人的反对，说女孩养大了就是别人家的人，读那么多书不是做赔本生意，母亲在这一点上，其坚决程度可说是一辈子最铁心的一次，这是后来父亲告诉我姐妹几人的。

我们姐妹几人总算没有辜负母亲的期望，一个个考上大学，走出了大山。我大学毕业后，分配在离开老家山里十来里路的镇上工作，成为我家跳出农门的第一人。第一个月我发到了三十几块工资，周末回家，我给整天头晕的母亲买了一瓶补血的阿胶胶囊，给整天叼着竹烟管的父亲买了一条大红鹰香烟，总共只花了三四块钱，剩下的我悉数交给了母亲，母亲帮我大致算了算，还给我一些生活费，还说现在单位里的人了，别忘记添点衣服，别让人看不起。我说没关系，只是让母亲把钱拿去还债。我知道我们姐妹几人读书已经拉下了不少"饥荒"。

对我买给她的营养品，母亲开始时问我能不能退掉的，我说店里的人我又不认识，卖出来的东西谁家会退回去呢！母亲看出我的坚决，就不坚持退货了，只是一个劲地念叨我的不懂事，这钱可以办其他事的，她吃了又不见得会有多少好，真是糟蹋钱。母亲因为长期劳累，又经常饥一顿饱一顿，落下了不少病根。有一次干活时叫一声，"我的眼睛怎么看不见了。"就倒了下去，一会苏醒过来后，村里医生说她这是低血糖，要多补血才行。家里的情况本来就是罗锅上山——钱紧，连吃饭都成问题，更不要说买营养品了。

母亲絮絮叨叨个不停，父亲发话了，孩子培养大了，她买东西给你吃是尽孝，是孩子的一片心意，你有完没完，才算刹住了母亲的话头。

我上班的镇上离开家里有十余里路，周一早上去上班怕迟到，我一般都是周日下午回单位的。这次母亲却一定要我答应周一早上再走，并说要父亲送我一程，保证不让我迟到。我虽然不知道母亲的用意，只是从来没有见过母亲这样神态，就答应了。

次日一大早，我在楼上已经听到母亲在灶上忙碌了，一会就叫我起床吃早饭了。我下楼一看，母亲烧好的几个菜已经整齐地摆在桌子上，还有一碗满满的，比平时高出一半的顶上尖尖的碗也摆好。我霎时明白了。

老家有个习俗，就是家里有人出去工作，临走前这一顿饭，一定要吃一碗高头饭，这碗饭其实是两碗饭盛好，再把其中一碗压倒另一碗的上面，看上去这一碗饭就比平常高出一倍。喻示吃完这碗高出一头的饭，出门在外，也会出人头地、高人一等。我去上班时倒是想过吃碗高头饭，可想到家里窘迫的境况，就不想为难母亲。看样子母亲其实一直记挂着这事，这次我拿回来第一个月的工资，给我弥补了。

我责怪母亲，现在都什么年代了，还要相信这样的习俗，这不是浪费钱吗！母亲则在饭桌旁不停地责备自己的无能，让自己孩子上班第一天没有吃上高头饭。我在母亲的监督下，硬吃下这碗满满的高头饭，心里百感交集，不是滋味。

告别母亲出门，天色还不是太亮堂，父亲拿过我简单的行李，送我一程，我刚跨出大门，母亲又叫住我，要我站住别动，随即端来一碗棕红色的红糖茶，说一口喝下，别回头，从此你一路走去，都是甜的。红糖在我家也是个稀罕物，我问母亲从哪里弄来到。母亲很严肃地说，别多嘴，喝完就大步向前走，千万别回头。我知道高头饭和红糖茶都是母亲的心愿，希望自己的孩子从此踏上出人头地的人生，过上如糖似饴的甜蜜生活。

二周后我又回家去，刚到村口，我碰到住在附近的阿土婶，老人叫住我，说有东西让我带给我母亲。一会，老人颠着小脚从家里拿来一样东西，我一看呆住了，这不是和我买给母亲吃的阿胶胶囊的瓷瓶一样吗？

老人走到我近前，说，"你妈真是怪人，这瓶营养品都卖给我了，一定嘱我吃完了把瓶子还给她。"

难怪我前几周回家，问母亲有没有在吃，效果如何？母亲说一直在吃呢，挺好的，头也不晕了，干活也有劲了。我总算明白了，母亲是把我卖给她补血的阿胶胶囊转卖给婶子，用买的的钱给我办了高头饭和红糖茶。

九旬老母要请客

故事演绎了一位乡村老人对华夏优良传统的坚守和付诸行动，相信对后来人不仅仅是感动，还应该有所启迪。

母亲已经接近九十高龄了，所幸鹤发童颜、精神矍铄。唯一让我这个长子不安的是，母亲始终不愿离开让我们兄弟姐妹落地生根的老家，那个坐落在群山为屏竹木为栅的山村。

我只好隔三岔五地回家一趟，平时也就只好殷殷嘱托在村的二弟代为尽孝了。用村里人的话说，母亲是好人有好报，自己长寿不算，子女们一个个生活富裕、孙辈有出息。母亲在村里为人好是有口皆碑的。即便现下，自己已经是耄耋老人了，还总是忘不了照顾左邻右舍。每次我回家前，总会打电话给母亲和弟弟，有没有什么需要带回家的。母亲很少有东西要我带回家的，倒是经常这次让我给左邻带桶食用油，下次让我给右舍带袋米。

今年遇上几十年一遇的高温，我们全家人百般劝说，总算把老母接到城里我的家，让她住进空调房，尽点我的孝心。母亲待不了多长时间，就吵闹着要回家，我只好让二弟进城来劝说她，山里今年也是出奇的热，母亲总算歇了想回老家山里的心思。夏天火烧火燎地过去了，秋老虎依然高烧不退，看母亲似乎有点定心了，没有提起回家的话头，这让我一家人稍感欣慰。

二弟进城办事，顺道到家看看母亲。母亲高兴得不行，拉着弟弟的手，问长问短，张家婶身体好不好？李家的新媳妇孝顺老人不？仿佛山里那个家，已经几年没回一样。我要二弟留下多陪母亲一天，把村里的事情都给母亲说说。

二弟走后没几天，母亲要我周末找辆车，陪她回家一趟，说有很重要的事要办。我问她有什么重要的事，非得这么热的天回去，凉快一些回去不行吗？要不，我替他去一趟。母亲这次很坚决，不行，这是我郁结心头几十年的一个心愿，一直没有机会完成，这次无论如何要回去完成。我不解地问，母亲说，我会在路上慢慢告诉你的。不过，你走前一天，替我鸡鸭鱼肉最时鲜的菜蔬统统买上，更别忘了带上几瓶好酒，我要去请客。

我更纳闷了。母亲这么大年纪了，在村里已经能够是最年长的长辈了，还有谁有资格让母亲请客呢！再说平时母亲都住在村里，要请客也早就请了啊！我悄悄打电话给二弟，二弟也奇怪了，说从来没听母亲说过要请谁的客啊！二弟后来说，母亲听说村里请了几十里路外的徐里村石匠什么重砌村前那条因为台风暴雨垮塌了的石坎时，倒是让我向石匠师傅打听一个叫徐福祥的石匠，我一问，正好是其中一个石匠的老父亲。除此以外，母亲什么也不说啊！

想想母亲说过会告诉我的，我也就不再问母亲了。孝顺的一半是顺，几十年的心愿了，年近九旬的老母，话都说到这个份上了，我就按照母亲的一切准备就绪。

周末，遇上一个难得的好天气，母亲一早就起来了，待我和妻子从菜场回家，母亲已经收拾好一切，坐等我和她一起回家了。载着我和母亲的车出城不久，母亲提出车子先拐向徐里村，去接上那个叫徐福祥的老人，一起回家。

见我不解的样子，母亲就和我说了整个事情的经过。

当年我父亲在外面工作，家里平时基本上就是母亲和我们兄弟姐妹几个，早先凭工分到生产队里分口粮。我们家工分最少，父亲工资也不高，为了省下回家的路费，父亲除了发了工资回家一趟，平时很少回家。那年山里下大雨，不仅把村前通往外界的主要道路冲垮了，我家进出的唯一通道，门口那条两尺来宽的石砌小路，也被雨水冲塌了。村里的房子都是依山而建的，路塌了我家只剩下半尺宽一条危路，稍不留心就会滑下石坎，掉下山去。

母亲平时自己进出十分小心外，更担心的是孩子们万一掉下去怎么办？村里出山的主要通道也塌了，母亲也不放心扔下孩子们出山去找父亲。正当母亲束手无策如一头困兽左右冲突找不到一条出路时，有个来村里帮助修路的石匠师傅看到了我家的窘境，就和几个伙伴趁晚上歇工后自发来帮母亲修好了路，这个师傅就是徐福祥。当时家里也没余钱，连顿夜宵也没招待徐师傅他们。

后来，父亲不幸英年早逝，加上我们兄弟姐妹多，母亲拉扯我们成人，再没有精力和物力去感谢徐师傅。只是这件事一直像一块石头一样压在母亲的心头，这份恩情没有报答，母亲始终无法释怀。时间长了，更不知道这位恩人是不是健在，更是成为母亲心里一个难解的情结。

这次二弟进城说起村里修筑村前石坎的事，母亲问得很详细，得悉石匠师傅中有来自徐里的，就暗中托二弟打听徐福祥师傅，居然无巧不成书，领头的石匠就是徐师傅的儿子，也得悉徐师傅身子骨硬朗，就觉得偿还心愿的机会来了，所以就有了这次急匆匆回家请客的缘由。

原来如此。

王小水的水

王小水的水是记忆之中的纯净、生态之水，当下的社会现实，这样的"水"找得到吗？

当接生婆找到王小水的父亲，告诉他生了个儿子，要他给儿子取个名字时，这个刚升级为父亲的眼前弥漫起一片烟波渺茫的水来，这无边无涯的水域是他自从离开当兵三年的海滨城市后，时时出现的场景。

他的家乡在大山深处，除了小溪淙淙、雨水哗哗外，就找不出像模像样的水域了。他退伍回家后，总是想起那无边无际的大海。于是，他就说王水有毒，大水是灾，就叫小水吧！

现下长成山一样魁梧的小水出门打工，就依照父亲的嘱咐，来到了沿海城市安城。安城离开东海有一二百公里，王小水一到安城，就喜欢上了。安城一条百来米宽的安河穿城而过，东西双溪夹城而流，小水站在水面宽阔水波荡漾的安河边上想，父亲经常挂在嘴角的大海就是这个样子吧！

不过，王小水第一次站在安河边，安河就像小水老家那条养了多年的土狗一样，见了熟人摇头晃尾，见了生人吠叫不已，看上去很凶。安河也给了小水一个下马威。

那天小水远远地看见这么大一片水域，高兴地见了梦中情人一样，飞奔向前。刚到安河面前，一股扑鼻的难闻气味直冲而来，顿时止住了小水的脚步，随之，"阿——欠"，一个惊天动地的喷嚏，响自小水的鼻孔。天啊！这是什么水？河两边到处漂浮着塑料袋、枯树枝等杂物，水色居然是白色的，就和家里母亲淘米过的水一样。小水从小到大看到的都是清澈见底的山泉水、山涧水，山里溪里、塘里的水清得游鱼都看得见的，这城里的水怎么是这个样子的。他甚至为父亲不值，这么脏兮兮的水，想起来都要做噩梦，父亲却念叨了 20 多年了。

后来，小水知道了，原本这水也是清澈见底的，自从上游办了一个大工厂后，这水就慢慢变浑，最后成为现在看到的乳白色了。小水想，不管他了，多赚点钱早点回家去，还是自己山里的水好。自此，小水每天走过安河去做工，对安河的水也不太关注了。时间一长，也不打喷嚏了，这水仿佛认识小水了。

不知过了多少天，有一天小水经过安河，鼻子一阵奇痒，忍不住又打了一个打喷嚏。小水很奇怪，抬头一看，天啊！安河的水怎么变清了，清凌凌的水面打着鳞花，河边还有许多人在钓鱼。这可真是奇怪了，小水来了几个月了，从来没有看到过钓鱼的人啊！莫非有鱼了？

小水忍不住跑到河边，看到那些钓鱼人的塑料桶都有钓起来的鱼。站了一会儿，还亲眼看见有人一会儿鲫鱼一会儿鲤鱼的钓上来。

享受阳光

问钓鱼人也不知道，只是说前两天上游水库放水了，今天不仅水清了，水里还看得见一群群往来游弋的鱼儿。这下，很快安城里的钓鱼人互相传开了，大家都奔河边来了。

小水想起以前在老家山里的小溪里，钓起的都是一些手指长短的小鱼和泥鳅，从来没有钓上今天在安河边看到的很均匀的三四两重的各式鱼儿，大小整齐得就像菜市场里买来的一样。小水连干活的心思都差点没有，这么好的机会，他这个山里的钓鱼高手，一定要去施展一下身手。可是工期不容许擅自休息去过一把钓鱼的瘾，小水只好忍着。

总算忙完了手头这一阵子的急活，小水请了个假，想着去安河过过钓鱼的瘾。小水准备好钓鱼的家什，来到安河边，小水傻眼了。什么时候这水居然又变成原来那样异味扑鼻呈乳白色的水了！小水一屁股坐在河边，半天起不来。

问了好几个人，总算知道了安城人公开的秘密。原来那几天是省里有个部门来安城复查全国卫生城市，怕安河水不达标，就从上游水库买来干净的水，冲走脏水，再买来数百万尾各种鱼儿放到河里，也就是小水那几天看到的水。

小水后来走过安河边，就纳闷了。上游有这么清澈的水，怎么安城的人宁可整天对着这一江淘米水一样的河呢！小水的眼前也弥漫起一片水来，那是老家村旁终年不涸的山涧水，清澈见底，游鱼历历在目……

黄洋上树

一个抛家离舍的打工仔，突发奇想上树眺望天之际云之外的家乡，于是，一场意想不到的误会……

黄洋那天晚上和伙伴一起上超市购物，返回租住的小屋时，路过江滨路，看到了马路两旁亭亭如华盖的樟树，心里突然冒出一个念头。

黄洋对伙伴说，进城快半年了，一次也没有试过爬到树上躺在树丫上的惬意，今晚回去还早，我们爬上树去试试，顺便还可以看看这江两岸的夜景，如何？

一起的伙伴和黄洋都来自离开这个县城百余公里的山里黄店村，从小一起上树捉鸟下溪摸鱼。一听黄洋说爬树，早心里痒痒了。

于是，两人把装有东西的包斜跨到背后，手攀足蹬，三二下就爬上了离地二丈多高的树上，各自找了跟粗大的树枝，斜着躺下。透过树隙，仰面是湛蓝的天空，疏朗的星星，这样的夜空在黄店是抬头就可以看到的，到城里不找个高一点的地方，真没法看见囫囵的天空。城里的天空被山里密匝匝的树木般簇密的高楼大厦割裂得零零碎碎。黄洋每次抬头看见的，总是那么一小块或狭长一条缝隙般的天宇。

享受阳光

黄洋还看见两岸店铺的各种霓虹灯闪烁不停，七彩斑斓各种颜色的灯光投射到江里，夜空下江水泛着耀眼的亮光，就像一大群游动的鱼，大小不一的光斑鳞片般闪个不停，直晃人眼。

躺在城里树上的枝丫上，除了灯光、星空，黄洋想不起还有什么值得一提的东西，这感觉太单薄了。和老家黄店村的树上相比，一张纸和一本书的厚度内涵，这或许勉强可以比拟。

黄店村春天的树上，刚刚还是花团簇簇，一眨眼你在树上就可以躺着享受樱桃、桃子、杏梅的微甜带酸的美味。夏天的树上有李、枣接力，秋天的板栗、绵软而甜的无花果，甜中带酸的猕猴桃，微涩而甜的冬柿子你就挑自己喜欢的口味吃。冬天的树上不结水果，去竹山掘冬笋吧！累了乏了，挑一棵老竹子，在竹枝上挽个结，人就可以晃悠晃悠上下起落坐竹秋千了。

黄洋和伙伴在树上回顾黄店村四季树上的感受，说得口舌生津，一晃时间过去一二个钟头了。说归说，这城里的树上比不上黄店的树上，起码比整天在工地里累个半死，说不定还要看人眼色不知强上几百倍。

此后，黄洋和伙伴只要天气晴好，晚上歇工比较早，就会相约到江边这些树上，尤其是夏夜，坐在树上，习习凉风从江面吹来，真是一直惬意到骨头深处。

每年岁末，黄洋都和伙伴结清工资，然后买点年货打点行装回村，今年亦然。眼看买上了回家的车票，黄洋从车站返回住处的脚步莫名地轻松起来，终于可以回到阔别大半年的家了。

随笔随语

　　走过江滨路，黄洋突发奇想，每次都是晚上来爬树，反正下午又没事，何不白天上树看看，和晚上看到的会不会一样呢？

　　黄洋找到一棵最大的樟树，"锃锃"几下，就爬到了大树上，找了一根大枝丫踮起脚四下观望，想着寻找惬意的风景。刚立定，树下传来喊声："小伙子，有什么想不开的，快下来！"

　　黄洋想我没有什么想不开的，和我无关，就头也不转一下，继续看自己的。树下依旧有人高声说着什么，黄洋想反正不管自己的事，依旧看自己的。

　　远处传来一阵阵警笛声，从远而近，"嘎"的一声在树下停住。黄洋感到奇怪，警察来这里干什么啊？！

　　"树上的人听着，有什么事下来说。树上危险！是讨工资的事？还是家庭纠纷？什么事都好商量，不要想不开，一切由我们警察做主……"树下的警察拿着话筒对着树上的黄洋高声喊起来，黄洋这才知道警察是冲着他来的。什么讨工资？家庭纠纷？这哪跟哪啊！黄洋心里不禁暗暗好笑！

　　"树上的小伙子听着，我们是电视台的，你有什么委屈，下来和我们讲，我们电视直播，你有什么冤情，肯定会替你做主！"又一个清脆略带焦急的女声喊起。黄洋低头一看树下已经聚了数百人了。心想，自己一点事没有，如果上了电视，那多丢人现眼了！

　　他真弄不懂，自己和村里人在黄店村一年到头想什么时候上树就上树，在城里自己上了一次树，居然弄出这么大的动作来。这下去还不知如何收场呢？黄洋坐在树丫上，上也不是，下也不敢，真的难住了。

黄洋后来被消防梯接下来的，聚在树下的媒体记者一蜂窝地围上去问黄洋，黄洋就实事求是说了。次日各种关于黄洋的报道出来了，结果，县城里的市民十人倒有九人说，这个人脑子里肯定有病。

黄洋跳楼

当久居尘嚣都市的我们寻找失落乡村的桃花源时，都市的尘嚣同时也成为宁静乡村的灾难。善良的黄洋做梦也想不到自己会是罪魁祸首。

黄洋坐火车转汽车，终于到了家乡所在的镇上。出了站，他深深吸一口来自家乡的熟悉的空气，心里说一声，终于能回家过年了。

"黄洋，黄洋。"出站的如水人流中，传来一声声粗放的喊声，黄洋一看，竟然是黄店村的村主任在挥手招呼他，黄洋有些奇怪，这个按字辈应该喊一声叔的村主任，平日在村里见面喊他，都是鼻子里"哼"的一声作答的，今天怎么啦？太阳从西边出来了，居然主动招呼黄洋了。

见黄洋到了跟前，村主任一把抓住黄洋的手，另一只手指着身边一位大腹便便的中年人说："这是镇政府的宣传委员张领导，知道你今天回来了，专程让我带他来一起接你，镇长要亲自接见你。"黄洋更糊涂了，平时这些镇村干部没事见不到影子，有事更是不见人影，今天怎么啦？想想自己又不是什么大老板，"见我干吗？"

"先上车，镇长还在等着你呢！"村主任不容分说拉起黄洋上了站外停着的小车，一边还忘不了吩咐黄洋几句，"我这个村主任还没有这个待遇呢！你见了镇长不要瞎说话，千万别丢了我们黄店人的脸。"黄洋嘴里连连答应，心里依旧一团雾水，有些发毛。

见了镇长，黄洋心里大安，原来镇长知道上过电视、登过报纸的黄洋把自己家乡说得像个世外桃源、人间仙境，夸奖黄洋替家乡人长了脸，并嘱他以后有这样的机会，一定要多介绍镇里和村里，还说家乡知名度高了，会有人来投资办企业，像黄洋这样的就不用去外面打工，在家门口就可以挣钱了。一番话，说得黄洋心里暖乎乎的。

回到家，村主任在村里添油加醋比画了镇长接待黄洋的情景，这一下，黄洋的年过得比那一个年都开心。不要说黄洋在村里到处听着赞扬话，连家里人也跟着他沾光，走在村里，乡里乡亲见到了

享受阳光

都比以前客气许多。

过完年，黄洋又回到安城打工，继续在上一年未完成的工地上接着干。人在安城心在家，只是每次打电话回家，总能从父母亲的嘴里时常了解到老家那个山村的一举一动。村里几乎在黄洋打电话回家的每一次都有新的变化，可以说这些都是黄洋带来的。

正月一过，一拨拨城里人来到了黄店，纷纷说电视上那个叫黄洋的人说得那么好，实地来看看……又过了一段时间，说是从城里来黄店踏春的；紧接着是看桃花的、赏油菜花的……村里有人开了小店，也有人开了饭店，还有人买了车，专门用来接送城里来的客人，去村北的千年古寺幽西寺拜佛祈福的……

到了下半年，居然有人从黄店村南的千亩古森林里看出了商机，投资办起了木器加工厂，村里村外机器轰鸣，生意兴隆。据说这个老板还是镇长牵线搭桥招商引资来的……

开始，黄洋在父母的嘴里，还能听到几句村里已经改变了，不再是年轻人外出打工谋生，只剩下妇女以及七老八十这一些"6038部队"，村里是越来越热闹了。几个月后，黄洋再也听不到父母亲的报喜声，除了抱怨还是抱怨。村子失去了原来的平静，以前是夜不闭户，现在就是大白天不锁门也会被小偷光顾。半夜里是机器声隆隆，吵得人睡不着觉。村里清澈见底的小溪水一片浑浊，水边到处是游客扔下的塑料袋和饮料瓶，一到夏天，臭气扑鼻。老人每次电话来说得最多的，就是"作孽啊"！每一次都说得黄洋心里非常难受。

　　黄洋心里难受极了，觉得这一切应该是自己的因结下的苦果，只是当初黄洋并没有想到会是这样的恶果啊！黄杨觉得对不起自己的父母亲，也对不起村里的父老乡亲……

　　黄洋决定回家去一趟，实地看一下父母哭诉的现状。打了个电话给父母，告诉自己想回家一趟。不料父母绝口反对，要他千万不要回去，说是村里大部分村民说了，村子从当初的世外桃源，变成现在的人间地狱，都是黄洋胡说八道带来的后果。村里老年协会的老人们说了，不准黄洋回家来，谁见了都可以打，打得黄洋不敢回家为止。黄洋惊得差点扔掉电话，想不到自己的无心之过带来了村里人这样的痛恨，他简直不知如何是好。

　　想了几个晚上，想不出一个好办法。黄洋只好求救于一起做工的伙伴，这些一起从自己家乡出来的同事，既为家乡的变故痛心，也替黄洋不平。最后，大家觉得还是引起媒体注意关注了，才会有效果。不然，靠几个打工的农民工，又有谁会来关注呢！

　　挑了一个大晴天，黄洋爬上了城里最高的电视转播塔，几个伙伴马上拨通了早就打听好的电视台和报社的报料电话。

黄洋进城

头上被馅饼砸中的黄洋，投机奸诈的商人，给演绎了当下社会那种功利、虚伪的生活现实。

黄洋骂了安城市长，引发了安城上下一场"生态安城文明出行"的大讨论，黄洋还被破格授予"荣誉市民"的称号，并奖励一套五十平方米的小居室二手房，报纸、电视吵得沸沸扬扬。黄洋依旧在建筑队里做着自己的小工，外面一切似乎和他无关。

"黄洋，有人找你"，工地负责的大声叫着正在脚手架上扎钢筋的黄洋。

爬下架子的黄洋傻了，电视台的大镜头、以前采访过他的报社记者，全围着一个体胖腰壮的中年人，正迎着自己含笑而立，"又发生什么事了？"

"黄洋你小子撞大运了。"站在中年人边上的工地负责人告诉他，只要黄洋答应去刚开业的安发百货大楼上班，安发公司会和他签订正式合同，替他交五险一金，让他成为真正的城里人。中年人就是安发公司副总，专程来工地找黄洋就是这事，黄洋怀疑自己听错了，不会天上掉馅饼吧！

黄洋被安发百货安排在商场门口做迎宾工作，老总告诉他先从基层做起，只要工作努力，以后升职机会很多。黄洋倒无所谓，自己从一个在建筑队做体力活的小工，一下子在城里有了房，还有光站着不用干活的轻松活，一切都靠安发公司，他从心底里感激安发公司。

开业当天，黄洋穿上公司统一的制服毕恭毕敬站在商场的大门口，见人来了，上前拉开玻璃门，微微弯下腰，说一句欢迎光临。很快，有人闻讯赶来看骂过市长的荣誉市民，还有那些在电视上看过黄洋的人，也好奇地赶来，想看看这个敢骂市长的山里佬。这下不得了，一连几天，商城大门口被围得水泄不通。有人直接和黄洋打招呼，有的干脆问黄洋怎么想起来骂市长的，弄得黄洋不知道如何回答，幸好商场经理颇为通融，人多了另外派人手去解围，提醒市民不要影响黄洋上班，一天下来，黄洋累得要趴下，感觉比在建筑队里还累。

回到家，刚进城不久的父母告诉黄洋，这几天来了好多批人，有收卫生费的，按人头算，每人每年200元，门口保安也来过了，要收物业费，还有什么居委会的，要他抽时间去一下，会告诉他社区活动费、水电费等有关事务。这个费那个费，工资还没一分拿到手，黄洋的头大了！

父母告诉黄洋，他们明天就回山里老家，这城里什么都要钱，起码他俩回去种点粮食不是问题，也不要什么卫生费、水费等。再说也住不习惯，想去邻居家坐坐，敲半天连门也不开，防贼一样，去楼下花坛坐坐，人家说的是打太极拳、跳舞啊！我们俩像傻瓜一样，没人搭理。这城里和坐牢一样，没有乡下的自在，没法住了，让黄洋自己照顾好自己，有空多回山里看看就行。

黄洋辗转难眠，想不到做城里人这么难？以前在山里时，特羡慕城里人，看着电视里那么整齐的大楼，宽敞的马路，穿着光鲜的红男绿女，有时甚至想到城里做条狗也比乡下强百倍啊！现下倒好，真成了城里人才知道城里真难做，一切都是钱铺路，没有钱和乞丐一样，幸好自己遇上了天下最好的，遇上了安发公司，自己一定要好好干，争取升职，多挣钱，才能成为真正的城里人。

一晃三个月试用期过去了，签下正式合同，就是安发公司的正式员工。黄洋一早接到通知，说公司为了开源节支决定撤去门岗迎宾这个职位，其他岗位都满员，没法和黄洋签订合同，让黄洋领了工资回家待岗，以后有岗位时再重新上岗。

这不是失去工作了吗？黄洋愣了，他跑去问商场经理，经理表示爱莫能助，这是总公司的决定。一个平时和黄洋处得不错的同事，把黄洋拉到一边，告诉他商场刚开业，生意不好，安发公司想到你是安城最红的人，就把你招来，你没看到你一上班，都是来看你稀罕的人，这不，三个月过去商场知名度也上去了，你的新鲜度没有了，生意好了，你不下岗谁下岗啊！

黄洋这才知道"馅饼"的价值，建筑队没脸回去了，明天，该去干什么呢？

三大爷

横蛮两字可以说概括了三大爷的前半身，儿子几句话，却让三大爷幡然醒悟，从此变得……

三大爷横着身子一摇一摆走进山汉的家里时，正在院里玩耍的山汉，身子不由自主地抖了一下，飞快站起身，迈着蹒跚的步子向里边跑去，嘴里急急地大声喊着："奶奶，奶奶—"。

一听是心爱孙子急切的叫声，正在灶间忙碌的奶奶颠着那双裹绕过的小脚，风摆杨柳一样跑出来，一把搂住跑到门槛前的孙子。"咋啦？咋啦？"

抬眼一看，原来是村里最不待见的远房堂叔，只好在心里叹一声，"作孽！"嘴里却口气柔软，"原来是他三叔，看你把孩子吓得。"

三大爷鼻孔里"哼"的一声，算是作答，眼睛却在院子里四处逡巡，显然今天又是有什么目的来的。

前不久，八岁的小山汉一个人在家里玩耍，三大爷大摇大摆进门后，一看院子里晾着一根山汉爷爷刚削好的锄头柄，几步上前，拿了就走。山汉一看，上前两手紧紧抓住锄头柄，不让三大爷拿走，嘴里喊着，"奶奶，奶奶，有人来家里拿东西了。"结果，一向在

享受阳光

村里恃强凌弱霸道惯了的三大爷，也不管山汉不过七八岁的小孩，一把扯过锄柄，还在山汉小屁股"啪啪"打了两下，痛得山汉只好放开小手，委屈得大声哭了起来，眼睁睁看着三大爷拿了他家的锄柄走了。此事让小山汉一连几个晚上都在噩梦里惊醒，也难怪他刚才一看到三大爷就吓了一大跳。

那天山汉父亲回家后，知道了事情的原委，嚷嚷要去找三大爷评理。被爷爷奶奶和山汉母亲劝住了。爷爷说，这三大爷天生就是一个天不怕地不怕的主，从小就整天在外惹是生非，他的父母亲东家刚赔完礼还没回到家，西家告状的已经在家里等着了，最后他的父母亲都被他活活气死了。父亲临咽气时对三大爷说了一句，"你若不改性，迟早会有报应的。"谁知三大爷气死父母后，不但不知错，反而在村里变本加厉，只要他的家里缺什么，就随便走进左邻右舍，也不管对方同不同意，拿了就走。人家和他评理，他根本不来理你，多说两句，反而说不定会招来他的拳头。时间长了，村里人更不敢惹他了。许多人表面还是按照家族字辈喊他一声"三叔""三大爷"，背后都在诅咒他，"我家的平口锄没伤着他，总有一天，会有尖角锄凿破他的头，让他出出血。"

三大爷用目光在院子里飞快地扫了一圈，径直走到屋角，把山汉家一根新扁担拿了就走，嘴里朝天说一声，"我家扁担断了，借你家的用用。"不待奶奶说话，连小山汉都知道，这根扁担出了门就不再是他家的了。

　　山汉心里恨恨的，他觉得这个三大爷不是和爷爷奶奶一样的长辈，他是魔鬼，是奶奶晚上讲的故事里的恶魔，他心里有些奇怪，为什么奶奶故事里的恶魔，最后总是被神仙杀掉，或者被天上的雷公公用响雷劈死，而这个三大爷这么坏，神仙和雷公公怎么就不管呢！

　　又过了两年，山汉又长高了半个头，三大爷依旧还是那个德行。山汉心里那个恨啊！这老天爷怎么不长眼啊！让恶人这样快快乐乐活着，它和几个要好的小伙伴说起这事，几个年纪相仿的伙伴几乎都和他一样的想法。于是，有一天，几个小伙伴商量这要替天行道，既然老天爷不管，我们来惩罚三大爷。

　　几个小伙伴在三大爷回家要经过的路上，用小锄头挖了一个几十厘米深的坑，坑里还撒了尿和拉了大便，上面用细木棍架好，再铺上宽的树叶，树叶上薄薄撒上一层土，愣一看，路面没有两样，假如一脚踩在树叶上，肯定陷下去，人也会摔倒。这是山汉他们从电影《地雷战》里学来的，他们想用这个法子让三大爷踩屎踏尿。

　　果然，傍晚经过这里的三大爷，一脚踩进坑里，不但人摔倒在地，连脚也扭伤了。他一看这阵势，知道肯定是小孩干的。他知道自己平时得罪的人家太多了，不敢挨家挨户去打听，却又不敢这样吃了暗亏。心里想，孩子和孩子肯定知道，于是，就把自己的儿子叫到身前，要儿子帮忙打听究竟是谁家小孩害他。

　　儿子告诉他，平时三大爷得罪的人太多，谁家的孩子都不愿和他一起玩。他不但不会去打听这件事，如果他知道别人去挖坑的话，他也会去帮忙。起码三大爷的脚伤了，只好整天待在家里，就不会出门去占别人家便宜，让人家背后戳着脊梁骨骂了。

儿子说的话，让三大爷大吃一惊，脸上也是火辣辣地难受起来。良久，他对儿子说，这件事从此不再提了，自己以后也不会再让乡邻嫌惹人骂了，一定做个好父亲，让儿子监督他不再做一件坏事。

自此，三大爷居然真的革新洗面，换了一个人一样。反倒是山汉他们几个，担惊受怕了好一阵子，才算放下心来。

回　报

投之以木瓜报之以琼瑶，山里人的实诚、厚道，对照当今社会，会让你感慨万分。

黄实觉得他回报乡亲们的时机到了。

黄实从偏僻山村黄店村考上大学时，全村许多人家都给他捐钱赠物，黄实当时就发誓有条件了一定要回报乡邻，可事与愿违，他一直不顺，大学毕业不久就下岗了。后来自己做生意，十几年的生意就像老家灶头汤罐里的温吞水——不热不冷，换句话说，不死不活撑着。黄实偶尔回家过年，感觉自己有些无颜见江东父老的味道，总是能不出家门就尽量不出去。不管是谁，老家的乡邻还是和以往一样，对他非常热情，长辈们知道他生意不好，总是安慰他鼓励他，乡邻们的实诚和淳朴，每次让黄实很是感动。

这两年陡然转了风向，黄实的生意风生水起。黄实就想着过年回家给乡邻们回报一下。走前用电话了解了一下村里60岁以上的老人名单，按名单给每位老人买了一份年货，元旦一过，黄实提前用车子拉着货回了一趟家，一回到家就叫上老父和妻子一起挨家挨户地分了下去。那一晚，黄实在老家的硬板床上睡得很踏实。

第二天一早，黄实开始不安了，原来一大早就有很多乡邻上门来探询。老的是来感谢并承诺一定投黄实的票，年轻的则来打听是不是黄实这次真的来参选县人大代表。远在千里外省城做生意的黄实这才知道，原来最近县里正在选举新一届人大代表，乡邻们都误解黄实这次回来是来竞争县人大代表的，要不怎么一回家就满村送礼呢！黄实有些哭笑不得。

无奈，黄实再次走家串户，向那些送礼的老人家及他们的家人解释，一直到中午，走完最后一家，黄实的心里才算踏实。回家的路上，黄实的心里反而沉重起来。早就听说过，老家选举村干部和县乡人大代表是明争暗斗、尔虞我诈。以前同一个村里的人，住在同一片屋檐下，大家是低头不见抬头见，不到生死关头都不舍得撕破面皮的。现在倒好，大多数人见面笑呵呵，背后相互拆台，互不相让，跟敌

享受阳光

人一样，早先辰光大家相处得就像一家人的感觉，早已荡然无存。回想以前自己在村里时，乡邻们一团和气、其乐融融，乡邻乡亲坦坦荡荡、淳厚朴质，家家户户是路不拾遗夜不闭户。往事纷至沓来，黄实的心里感觉真是堵得慌。

中饭后，黄实照例午休片刻，心里打算休息好后就返回省城。村里乱七八糟的事也和他无关，就等着年关回家再来和父母过个年算了。

醒来下楼，黄实却在半楼梯上呆住了。楼下堂屋里堆满了半屋子的东西，光溜溜的紫皮番薯、竹篮子满满的土鸡蛋和土鸭蛋、各种饮料瓶装的土蜂蜜……妻子告诉他都是乡邻们送来的，一个个来到家，不容妻子和家人劝说，放下东西就走。有的说这是回礼，山里人不回礼就是没有了规矩；有的说现在城里人都流行吃乡下农家土货，就给黄实送来了；也有的说，冲着黄实有出息，乡里乡亲看着都乐，那里还好意思吃他省城带来的东西，不回赠点心里不踏实……

看着这一大堆在城里基本上买不到的山里农家土特产，老估估这折算成钱的话，远远超过黄实昨天送出去的年货，黄实真的傻眼了。心里感动不已：这乡亲们对自己真是太实诚太厚道了！

一周后，回到省城的黄实接到家里老父的电话，说村里很多人都投票选举了黄实为县人大代表，说黄实知恩图报，实实在在，是大家信得过的人。可是村里许多人不知道，黄实考上大学那年已经迁出了户口，早已没有资格在村里参加各种选举了。黄实握着老父早已挂断电话的手机，半天放不下来。

赌　者

赌无赢家，自以为例外的黄浪经历了从浪尖到谷底再到平和的生活，最后会怎样呢？

自古赌博无赢家，黄店村的黄浪算是一个例外吧！

黄店村对黄浪有一致的评价：懒。懒人无所事事，哪儿有热闹就往哪儿凑，吃不到鱼闻一会腥也会全身通泰，上下舒服。

那天，正站在村支书黄海打牌九的桌边。镇派出所从天而降来抓赌，眼看村支书黄海要被抓个现行，一般这种情况大则丢官开除党籍，小则行政处罚名声扫地。说时迟那时快，黄浪一把推开黄海，坐到黄海的位置上，并暗示黄海也是来抓赌的。待警察破门而入，黄浪等四个赌博的人已经面靠墙壁站好，村支书黄海正一脸正气地教育他们，这个场面连警察都感动了。

随警察来的县级记者拍下了黄海抓赌的场景，一时间黄海因祸得福，成了全县上下学习的农村干部的典型，很快借用到乡里抓农村治安工作。黄浪也因此走了红运，被黄海作为村里后备干部培养，

享受阳光

入党、进村委会。几年后，黄海在乡里转了正，也没忘记黄浪这个恩人。在他的关照下，黄浪当上了黄店村的村主任。

黄浪发觉当村主任比做懒汉实惠、吃香。有事没事往寡妇家里钻，可以说成是工作，吃饭时候，走进哪一家，人家都会热情招呼，"来，黄主任，坐下喝两杯。"去乡里开个会，饭馆吃个满嘴流油，还有补贴工资……难怪戏里都在唱，当官如何如何好。这样的好事不能失去，黄浪决定要当下去。

村里人当面叫他黄主任，背后呼他黄鼠狼，黄浪也知道。只要当面没人叫他黄鼠狼，黄浪无所谓，你们在背后嘴巴占点便宜，哪有我人前享福的实惠，不知道谁比谁傻呢！

黄浪的遮阳伞黄海在乡里几年后，被抽调到西北一个省份去对口支援干部了。临走不忘黄浪，以前有事能帮着点，以后的路要靠自己走了，黄浪是万般不舍，也没其他办法。

这不，换届选举了，几乎是一面倒，倾向村里另一个人。黄浪坐在家里苦思良策，绝对不能输了选举，输了就一切晚了。不要说现在这样放个屁，别人也得认真，生活回到没干部前的轨道，就是当街跺几脚，除了自己脚痛和别人的哂笑，没人会来理会你。怎么办？黄浪决定破釜沉舟，赌一把

黄浪借了一笔钱，决定向村民买票，眼看胜利在望，有人举报了黄浪。黄浪贿选被抓了典型，选举无效，开除党籍。一夜之间，黄浪又成了闲人一个。

事实上黄浪的境遇比当初还糟糕，早先无非一个懒，手里有俩小钱，非得赌光才走，起码也输得光棍，现在村人看见他都和没看见一样，有人还朝他的背影吐唾沫，遇上他指桑骂槐说几句解气。这还不算，最要命的是黄浪为选举借了钱的债主，三天两头追着他要，弄得黄浪连家门也不敢出。老婆要他出去打工，出去三五天就跑回来了，说那不是人干的，好歹也当过几年干部，去做这种活丢人。他跑到乡里找老上级，人家现在下村时用不上了，打两个哈哈就走人，人走茶凉，就是这样的滋味。

老婆嫌，女儿怪，村人不屑。黄浪几乎是废人一个。其实他的心里从来没有一天平静过，他不能这样下去，一定要做出一件让身边所有人震惊的事。他黄浪不是怂人一个，他是当过干部的人，不是一般的寻常百姓。

黄店村的村北有个五开间两进的古庙，乡间称大神庙。里进主殿供一全甲神人，似关公但没有青龙刀，说赵云也不是银龙袍。反正从黄浪的爷爷的爷爷就一直传下来，这大神菩萨是一位过路将军，对黄店村民有恩，才被祖辈供进庙里纪念他的。几百年过去了，村里人已把他当天神敬重，还有专人打扫，上香等。每逢初一、十五开门敬神，四邻八乡的村里都有人来烧香祈福。几百年的大神庙，里边雕梁画栋，富丽堂皇。尤其是庙内外合抱柱子上的牛腿，雕刻精美得无与伦比。人物花草，亭台楼阁，仙佛神怪，无不栩栩如生，黄浪看中的就是这几个值钱的物什。

享受阳光

那天他在家里看电视，见画面上一个农村老头一头提着一个雕刻粗糙的牛头，请台上专家鉴定，说是清末年限的，价值近万元。专家还说，雕刻精美的牛腿年代再往上推，低则数万，高则十数万元一只。黄浪腾地从座椅上站起来，假如拿走大神庙里一只牛腿，少则数万，多则几十万，他不仅可以还清欠债，后半辈子就可以"啃"着牛腿过上好日子了。

黄浪对这事上了心，又从木匠的闲聊中套出了在柱子上卸下牛腿的诀窍。一个月黑风高、大雨滂沱的夜晚，黄浪像一只黄鼠狼样出洞了。

他用以前当村主任时匿下的一把钥匙开了庙门，又用一根竹子顶住牛腿上的横梁，架梯上了柱子，把顶住牛腿的榫子轻轻敲松抽走，牛腿就直接卸了下来。

拔掉榫子，黄浪双手抱住牛腿，顺着梯子慢慢下来。几百年风干的牛腿，不是很重，黄浪心里紧张，放到地上，大冬天已是满头大汗。到门口望了望，村子依旧一片寂静。黄浪抱起牛腿，放进家里柴屋里藏好，这才长长吁了一口气。心里更是高兴，这几万元的东西已经藏在家里，他的眼前仿佛看到一张张百元大钞向他雪花般飘来，黄浪一阵陶醉。

突然，黄浪想起自家的梯子还在庙里。不赶紧去拿回来，明天一早，梯子会替自己向大伙儿交代，牛腿是黄浪偷走的。

黄浪三步并两步返回庙里，背起梯子就走。不料，忘记梯子旁那根替代牛腿支撑上面横梁的竹子被梯子带倒了。紧接着横梁下一根垫着的衬木"啪"地掉下来，不偏不倚砸在黄浪的小腿上。黄浪被这猝不及防的袭击砸倒在地，嘴里发出一声惨叫，小腿疼得他再也站不起身来。

数月后，大神庙依旧香火缭绕，前来烧香祈福的人们看见瘸了一条腿的黄浪在一拐一拐地扫地。知情不知情的都说，黄浪从此就在庙里赎罪了。

迎龙灯

看上去是民俗，读下来是热爱，徐三对迎龙灯的热爱，让人不觉莞尔。

正月龙灯二月鹞，徐里也不例外，每年正月初七起灯，十六罢灯散伙待来年重新来过。

徐三睡前对老婆说，今晚陪客人喝酒太晚了，明天起灯头一遍锣响，你别叫我，我不吃早饭，装两只粽子带上就是，让我多睡会，养好精神白天迎龙灯。

迎龙灯是乡间叫法，就是舞龙灯。起灯有讲究，头遍锣响，女的起床烧饭，男的起床沐浴更衣，二遍锣响吃饭，三遍锣响，大家扛起自家的灯板到祠堂去合龙。每块灯板长约两米，厚七八厘米，硬木做成，两头钻拳头大洞，灯板中间是自家的灯，飞鸟走兽，动物花草，都是显示自家水准的细活。灯板两头一合，灯把手刚穿过两个洞，用木条榫好。粗看，两头灯把柱地，灯板架空，和乡间溪涧上的石板桥一样，故一节龙灯别称一桥灯。

徐三迷迷糊糊中听见锣响，夹杂着左邻右舍此起彼伏的叫喊声："起灯啦"！一骨碌起来，胡乱穿了衣服，到楼下的水龙头下接了一捧水，胡乱在脸上抹了几把，抬起右手，用衣袖擦干了脸，拿了昨晚准备好的粽子，塞进腰包，跑到隔壁客厅里，把年前已经扎好的灯板往肩上一扛，直奔村北大祠堂。

灯笼队、龙虎彩旗队、锣鼓队都已一列列站好队形，百来节龙灯已有好些桥灯合拢，一字长蛇般放在地上，就等一声令下，灯板旁的每个人举起灯把往肩上一放，就可以迎龙了。

谁家的灯挨着谁家，早就安排好的，徐三匆匆跑到自己的位置，发现人家已经合拢了，没有了他的位置。刚想发火，起头的徐一过来了，说徐三你没有沐浴净身，不许参加，你回去吧！

徐三盼了一年了，迎灯、接神，都是乡间年节里诉说愿望祈盼平安的大事。他对着徐一说了好些好话，旁人也有替他说情的，没用。这是祖宗千百年来的规矩，谁都不敢违背。徐三不甘心，迎龙灯的队伍在前面走，他一个人扛着灯板跟在后面，心里很落寞。

迎龙灯每天的路线和拜访的村子都是预先安排好，龙灯去另一个姓徐的村子里。一路上族中长者执灯笼引道，后面是宫灯队分两列鱼贯而出，几丈高的龙虎大旗和随后的十二生肖彩旗猎猎作响，锣鼓队一路都是庄丰收、迎新年、保平安的吉祥曲子，随后才是浩浩荡荡的长达一百多桥的龙灯对，场面壮观热烈，喜气和年味交融在一起。只有徐三一个人，身单飘零地跟在后面，看着前面伙伴们的兴奋劲，自己的头耷拉得霜打了的草一样。

徐三走在最后，想过迎灯瘾的心思一刻也没有动摇过，一路上都在想着怎样才能回归到迎龙灯的壮观队伍中，最后想明白，一切的根源都在沐浴这件事啊！

到了邻村同族的村里，村里大晒场早已摆好接龙的香案供桌，几位家族老人恭立桌旁。龙灯队一到按尊卑顺序焚香祭拜迎龙王爷之后，龙灯队就在大晒场上为村民和附近赶来看灯的亲朋好友舞起来，蛟龙出水、盘龙起舞、飞龙在天等，一个个让人眼花缭乱的动作做下来，让观者大饱眼福。只有徐三眼巴巴地看着同伴们在晒场上跳、腾、闪、挪，十八般武艺尽情施展，自己除了大声喝彩和跺脚助兴外，只有眼馋的份。

舞后灯后，村里早在各家各户安排了酒席，款待这些迎龙灯的矫健男儿，徐三也只好把灯板放到有人看守的龙灯旁，跟着村里人去吃饭。路过村小店时，徐三一时计上心来，买了条毛巾，一进指定人家，他就要求借他们的浴室用用，主人听了他的解释，马上带他去，只是告诉徐三，这个浴室没有热水，只有一个水龙头，夏天冲凉用的，徐三听了一愣，很快下了决定。告诉主人没事，回头迎龙灯就不冷了。主人看他心切，返身让家人提了个大脚盆，又提了

享受阳光

几壶开水给他，正月的气温一般都摄氏零度上下，徐三洗完澡出来，依旧冻得牙齿直打仗，他飞快地扒了二碗饭，径直去找徐一，说自己洗完澡净过身，可以迎灯了！

徐一看徐三的急切样，说今天的龙灯已经合拢，不能随便拆开的。要不这样，你还是扛上自家的灯板，我中途让你和别人换几把！

徐三说，那你要保证我下午迎灯不再站在旁边看，

徐一被徐三这番热情感动了，只好点头答应。徐三这才哈哈笑着满意地走开。

老徐头的宝田

宝田不宝田，老徐头和他的子女、村里人等，每个人的标准不一，故事的结局希望带给你一些想法。

都说徐里老徐头家的水田是宝田。

距村数百米的村口，一丘方方正正的水田，大小不过半亩，夏秋收一季杂交稻，冬春种一茬油菜，菜籽自己打菜油吃。这就是老徐头家的宝田。除了地理位置在进村的必经之路，不论是谁，愣是看不出这田值个宝字啊！

说宝田的，大多是外村人和过路的，无论何时，只要来到这块田边，一眼就能看出这田里的作物比周边田里的长得好。同一种

作物，苗都高出好几寸。村里人却说老徐头的宝是他的勤劳，一年三百六十天，一天不去地里田头，老徐头骨头就发痒。收工回家，从来没有空手的，遇上那天地里没有作物带回家，他也会割把草带回来喂猪饲羊，或者田头地角砍捆柴火用锄头挑着回家。

前两年村里人也说那丘田是宝田了，只不过这个宝字和以前村外人说的不一样。这回老徐头家的田里，不产油菜了，老徐头直接从田头拿的是红晃晃亮瞎眼的百元大钞，你说这不是宝是什么？

这得从老徐头一个远房侄子说起，这个侄子是老徐头家族目前最有出息的一位，早些年一直在外省当官，倒也风平浪静的。前两年突然调回本省来主持一方政务，这下打破了村子的宁静。这个侄子是个孝子，说是前些年没能在父母膝前尽孝，父母也不愿去他就职的他乡。调回后，他春节就回家陪着年迈的父母过年。

乡俗是大年初一不能拜年，不能干活，闲不住的老徐头在家实在坐不住了，就提着他几十年不离身的竹烟杆来到田头，看一看长势喜人的油菜。

正看着，只见一辆黑色小车从村外开来，在他的身前"嘎"的一声停了下来。车窗处，一个额头发亮的大脑袋探出来，向老徐头询问，这是徐里村吗？得到肯定的答复后，大脑袋打开车门走下车来，让驾驶员把车停在路边，请老徐头带路去那个远房侄子家。

车子刚停好，一旁的老徐头顿时恼火万分，小车居然开进了老徐头心头肉一样的油菜田。看着老徐头的火冒三丈，驾驶员一点也不着急，下了车叫声大爷，这样行不，就这个车的位置，我给你二百元钱，赔偿你的损失。我们也是没办法，如果市长看到下属开着车子招摇着来，肯定不高兴，只好把车停在村外。

老徐头估算了一下，整丘田的油菜籽卖了也不过几百块钱，就这个车停的地方，上不了五十块钱。举手不打笑脸人，对方态度这么好，何况还是正月初一，乡俗不到万不得已是不能发火的，老徐头只好收下钱。

老徐头正想带路，村外又开来一辆小车，就在刚停的车旁"嘎"地停下。老徐头一看又压在他的油菜田里，心头一急，忍不住走上前去想理论。不料驾驶员下车和前面的一聊，也掏出二百元钱递给老徐头，也是一番歉意的话，说得老徐头说不出责怪的话来。接二连三不断开来的车，不一会就把老徐头家的油菜田几乎停满，老徐头的手里已经是一大沓百元大钞。老徐头傻了。只是看着汁水横流满地狼藉的油菜地，他心痛得要命。

老徐头回到家，家人乐了。中饭后，顾不得正月初一不干活的祖训，大家来到田边，七手八脚搭了个简易棚，放上一根凳子，干脆让老徐头坐着收钱。老徐头不忍看到油菜碾轧的惨状，怎么说都不去。于是几个儿女轮流坐班，一连几天，生意都很好。周边人家想来分杯羹，不是田坎比道路高几尺或低几尺，不可能临时铺成和路面一样平。村里村外的人都说老徐头家的田真成了名副其实的宝田，只有老徐头听到这话默默地不出声。

又到岁末，邻村居然早早有人来找老徐头，说是要短期承包他家的田，时间只要春节前后一个月。不用说这是看准了春节停车的生意，老徐头心想反正也不得安生，租出去眼不见心不烦，就让儿子做主租了出去，据说租了个好价钱，反正把老徐头的儿子咧着嘴笑了好几天。

人算不如天算，老徐头的远房侄子在前两年回家过年时，被拜年的人弄得不胜其烦。原本想尽尽孝心享享天伦，结果连年迈父母都跟着迎来送往受累。年前专门发表电视讲话，禁止官员间相互拜年，同时暗示自己今年不回家过年，自然后来还是悄悄回家过年。

不用说，租赁老徐头家宝田的人亏大了。元宵一过，就找上老徐头家，希望能够退回承包款。按理这是签了合同不能反悔的事，只是和对方本乡本土，低头不见抬头见，善良的老徐头真是左右为难，一时无措，只好蹲下身，一锅接一锅吸着他的旱烟，一会就把自己裹进浓白的烟雾里。

一只空瓶

瓶空了，记忆还在，这不是一般的记忆，更不是一般平常人的记忆。

振中所在的企业转制后被私营老板迁往内陆省份继续发展。在

享受阳光

企业里做了近三十年的振中夫妇，一夜之间从技术高手变成了下岗工人。原以为买断工龄的钱可以帮助他们暂时度过一段生活，过渡到他们重新择业后开始新的生活。

屋漏偏逢连夜雨，父亲一场大病，花光了全家所有的积蓄不算，父亲的人最终也没有留住。小孩上学的钱一年比一年多，没有工作的母亲一夜之间老了许多。没办法，振中只好抱着试试看的心思，联系了当初力邀他们夫妻去内陆那个省份发展的老板，老板对他们夫妻印象不错，电话里热情邀请他们一起过去，当初答应的高薪也不变。

没办法，夫妻俩只好把小孩留给老母亲，夫妻俩收拾一下就去了那个内陆省份，成了一对抛家离舍的中年打工仔。几年下来，儿子上了大学，母亲日渐年迈。原本想接母亲一起来住，母亲怎么也不愿离开生活了大半辈子的小城。没办法，振中夫妻只好把老母托付给邻居三姐。三姐原先是同事，已办了内退在家。

一边是生养自己需要老来有养的年迈老娘，一边是自己困难时候为自己伸出援手的老板，忠厚实诚的振中为难了。想想儿子还在读书，家里日子不算宽裕，只好狠狠心，干脆出钱请三姐照顾母亲。自己夫妻两个只好隔三隔五打电话问候，所幸母亲身体还算过得去，这让千里之外的振中心里稍稍舒坦些。

蚕老一刻人老一秋，今年的母亲明显身体状况一天不如一天。电话里三姐的抱怨越来越多，偶尔母亲接了，话筒里母亲迟迟疑疑欲说还休，心里显然也是希望儿子回到自己身边。振中和妻子商量了一下，决定夫妻俩做到年底，留一个走一个，回家一个在母亲身边去尽尽孝。

母亲的一生实在是太不容易了。早年间父亲在外面上班，母亲几乎一个人拉扯振中兄妹几人成人，白天生产队里挣工分，晚上忙家务，很晚了还在昏黄的灯下给振中兄妹几个缝缝补补。好容易子女成人，各立门户，父母亲和最小的儿子振中一起生活。谁料退休不久的父亲一病不起，扔下母亲先走了，原以为晚年幸福生活才开头的母亲，又掉进一个人的寂寞生活中。特别是近几年，为了生计，振中夫妇把孩子扔给母亲，出门打工，母亲大多数时间只有一个人孤单在家。

国庆一过，振中夫妻扳着指头数日子，很快可以回去一个人照顾老母亲了，三姐一个电话打破了他们的计划。说老母亲因为一个破旧瓶子寻死觅活，三姐一步也不敢离开，说振中不回去，只好不管他母亲了。振中只好匆匆请假回去，究竟母亲出了什么事？振中心里没有底，不过有一点很明确，父亲离开自己几年了，只有这一个老母亲了，不能再有丝毫闪失，不然，对不起九泉之下的父亲。

看到数月不见的老母，见她脸上的皱纹更深了，满头白发如雪似霜，乱蓬蓬的，腰也更弯了，见了振中，居然陌生人一样，居然认不出自己的儿子了，振中心里一阵心酸。三姐见了振中就诉说对母亲的不满。说老太太近来已经不太会认人了，连对三姐都一会说认得，一会又说不认识，天天吵着要她带自己去找儿子

享受阳光

振中。带她去医院看过，医生说老人已经是轻度老年痴呆了。她的左右手时刻拿着两个瓶子，也不知道那里找出来的，连吃饭也不肯放下。三姐说了几次，她也不听，三姐也有些火了，一把拿过她手里的瓶子，丢到了垃圾桶里，老太太急得要和她拼命，饭也不吃，觉也不睡。直到三姐捡回瓶子放回她的手里，才眉开眼笑。

振中想着从母亲的手里拿回瓶子，母亲怎么也不肯，还让三姐快赶振中这个陌生人走掉。振中心里真是刀割一样，自己真是不孝啊！只是想不到数月不见的母亲居然病得这么重了，也难怪三姐要自己赶快回家。

振中弯下腰，哽咽着对母亲说，娘啊！您不孝儿子振中回来了。母亲迟迟疑疑地看着振中，一脸不信，说振中在很远的地方赚钱呢！振中跪倒在地，哭着告诉母亲，自己真的是她儿子，母亲还是不信，只见她哆哆嗦嗦从衣襟下伸出手来，手里举着一个透明的玻璃瓶，"喏，这是我儿子买给我的补血汁，你有吗？你没有就不是我儿子，我儿子孝顺懂事着呢！。"

振中一看，哭得更厉害了，原来母亲手里的瓶子是二十几年前自己刚参加工作时，知道母亲一直贫血，就花了几块钱给母亲买了补血汁，为此，母亲还骂了好几次，说自己乱花钱，还差点让自己拿回去退货换钱。想不到事情都过去快三十年了，这个瓶子居然被母亲保存得好好的，振中觉得自己真是太不孝了。

安顿好母亲后，振中对妻子搭了个电话，说了母亲的情况，并要妻子马上去向老板辞职。他相信老板也一定会理解的，他要和妻子回来，从此好好照顾母亲，自己和自己一家亏欠母亲的实在太多了。

看戏文

大凡这世间事，一旦有个痴字，就会痴锝可爱，或痴得可叹。百人百态，更妙处在于痴人自己痴得其乐。

锣鼓响，脚底痒，老话一直这么说。

浙中乡村做大戏有个程序，正戏开唱前必须有一番锣鼓镲钹齐鸣，名为"敲头场"。头场几分钟后就是大戏开演，因此上说，这"敲头场"就像是和所有村里人、八方来宾打招呼，正戏就要开唱了，快来看啊！

金田老头是个远近闻名的戏迷，不要说听到敲头场，团转几十里方圆的村子，只要听闻要做戏的消息，他早早在扳着指头计算看戏的日子，日子一到，他就会邀朋呼友去看戏。从20世纪80年代古装戏重新粉墨登场起，这几十年来，关于金田老头看戏的故事，可以请个说书先生说上三天三夜。

年轻时，十几二十里路的村子，他吃完晚饭出发，看完戏半夜三更摸黑回家，一点也不耽误第二天上午地里田里的农活。据说有

享受阳光

一个夏夜，他从十几里路外的一个村子看完戏回家，余味不尽，就一个人在路上唱着戏回家。经过邻村村后的祖传坟山，正好唱到《秦香莲》中哭诉陈世美无情无义、她孤儿寡母贫苦交加栖栖惶惶过日子，暗淡的星光下，一袭白衣飘飘，一声声凄厉的"苦啊苦啊"哭诉声，回响在本来就阴气沉沉的坟地里，真是比鬼片还要恐怖可怕。突然从坟地里传来一阵哭爹叫娘的惨叫声，原来是两个外地来的盗墓贼，以为遇上真的鬼了。

浙中乡村的人好客，一般遇上自己村里唱戏，男主人一般坐守家中，专职陪着远来近往的客人吃喝闲谈，这样就很少有时间去看戏。20世纪90年代初，金田老头的老父去世，家里自然以他为大。平时不要说听到锣鼓响脚痒的他，只要确证有村里做戏，都要赶去看一场戏过过瘾的人，这个陪客真是难为死他了。那一年村里要唱三天大戏，第一天晚上金田在家里就过得像热锅上的蚂蚁。第二天晚上听到远处传来的阵阵锣鼓声，他坐立不安，只不过客人面前又不好失礼，只是心里使劲打起了小鼓。

他陪着客人东家芝麻西家绿豆闲聊，不停地给客人续着水、递着烟。听着一阵阵悦耳的曲调时不时传来，这美妙的声音就像一只要命的手，扯着金田的耳朵往戏场方向走。他实在坐不住了，对在座的客人说，你们先坐着，我去隔壁屋里准备一下夜宵，不顾客人的推辞，一头走进隔壁屋里，半天不见出来。有客人好奇去隔壁探头一看，只见灶洞里火光闪闪，灶上热气腾腾。又过了好些时间，只听得隔壁屋里传出"托托"的声音，金田依旧不见出来，客人们有些坐不住了，就走进隔壁屋里，依旧灶火旺腾，"托托"的声音从锅盖下发出，只是看不见金田的人影。客人好奇地上前揭开锅盖，原来烧开的水面倒扣了一个脸盆，受水的冲击顶着锅盖，发出"托托"的声音，仿佛锅里煮着什么东西。大家一看明白了，这金田布了一个迷魂阵，自己熬不住戏瘾，溜出去看戏去了。

邻村徐里的金川是金田几十年相交的戏友，从人到中年到如今两人都是过了七十奔八十的年龄，只要徐里做戏文，金田是每场必看，金川老友自然也是陪着金田一起看完每一场戏。有时候，看完戏后，两个戏友还会兴致勃勃地照着戏里演的来一段。看戏晚了，金田就在老友家住下，尽管回家的路不过四五里，金田在徐里金川家里，就像自己家里一样。

三本大戏只剩下最后一晚了，金川老头催着金田老头去戏场，还笑着和金田老头调侃，咱俩都是倒计时了，能逮着看一次就算一次。金田老头居然说，这么多年咱俩逢戏必看，少看一场也无妨。每次见面除了看戏，都忘记说上一点别的话了，今晚不看了，好好聊一宿。金川老头一想也对啊！俩老头就留在家里聊着闲天，聊到戏文就忍不住彼此唱上一段，时不时传出俩老头开心爽朗的笑声。

回去不久，金田老头就无疾而终驾鹤西游了。金川老头顿时明白了，原来那最后一晚是老朋友的告别啊！想到此，金川老头忍不住老泪纵横，哭得稀里哗啦的。

　　金川老头最后没来送别老友金田的最后一程，托子女给金田老头带来一只播放器和所有越剧曲目的戏文，让这些金田老头的生前喜好陪伴着去另一个世界。